NAME: Justus Jonas
FUNKTION: Erster Detektiv
FRAGEZEICHENFARBE: weiß
BESONDERE MERKMALE: das Superhirn der drei ???; Meister der Analyse und Wortakrobatik; erstaunlich schneller Schwimmer; zu Hause auf dem Schrottplatz von Tante Mathilda und Onkel Titus; zupft beim Nachdenken an seiner Unterlippe
IST FAN VON: Tante Mathildas Kirschkuchen und Denksport aller Art

NAME: Peter Shaw
FUNKTION: Zweiter Detektiv
FRAGEZEICHENFARBE: blau
BESONDERE MERKMALE: für körperliche Herausforderungen immer zu haben, dafür kein Ass in der Schule; großer Tierfreund; Spezialist für Schlösser aller Art, die seinem Dietrichset einfach nicht standhalten können; neigt zu Vorsicht und Aberglauben
IST FAN VON: schnellen Autos (insbesondere seinem MG), der südkalifornischen Sonne, so ziemlich jeder Sportart

Die drei ???®

Die drei
???®

Im Bann des Drachen

erzählt von Christoph Dittert

Kosmos

Umschlagillustration von Silvia Christoph, Berlin
Umschlaggestaltung von eStudio Calamar, Girona, auf der Grundlage der Gestaltung von Aiga Rasch (9. Juli 1941 – 24. Dezember 2009)

Unser gesamtes lieferbares Programm und viele weitere Informationen zu unseren Büchern, Spielen, Experimentierkästen, DVDs, Autoren und Aktivitäten findest du unter **kosmos.de**

FSC
www.fsc.org
MIX
Papier aus verantwortungsvollen Quellen
FSC® C014496

Gedruckt auf chlorfrei gebleichtem Papier

Based on characters by Robert Arthur.

ISBN 978-3-440-14833-4
Redaktion: Anja Herre, Annemarie Chiappetta
Lektorat: Nina Schiefelbein
Produktion, Layout und Satz: DOPPELPUNKT, Stuttgart
Druck und Bindung: GGP Media GmbH, Pößneck
Printed in Germany / Imprimé en Allemagne

Die drei ???®

Im Bann des Drachen

Ein seltsames Erwachen	7
Drei Eulen und ein Zuko	16
Erkenntnisse auf zwei Kontinenten	25
In der Fremde	34
Flucht!	46
Im Jing'an-Tempel und in der Luft	54
Der Bund der Schlangen	64
Böse Geister im Zickzack	72
Labyrinth der Vergangenheit	83
Drogen im Flaschenöffner	96
Die Welt neben der Welt	107
Die winzige Stadt	118
Achterbahnfahrt	124
Das Funkeln weitergeben	132
Telefonlawine	140

Ein seltsames Erwachen

Peter Shaw schlug die Augen auf und fühlte sich furchtbar. Er kam sich vor, als hätte er eine Ewigkeit geschlafen, und gleichzeitig war er unendlich müde.
Egal! Das Bett war superbequem und die Bezüge rochen angenehm, nach Minze und Rosenblättern.
Minze?
Rosenblätter?!
So roch doch sein Bett nicht!
Peter setzte sich ruckartig auf und schaute sich im halbdunklen Raum um. Er konnte die Möbel nur erahnen. Es gab einen breiten Tisch mit Stuhl, einen großen Wandschrank und daneben viel freie Wandfläche bis zum Fenster. Viel mehr als bei ihm zu Hause. Die Rollläden davor waren heruntergelassen. Nur durch kleine Schlitze fiel Licht herein. Außerdem brummte leise eine Klimaanlage.
Verflixt – wo war er?
Wieso war er nicht in seinem Zimmer?
Der Zweite Detektiv versuchte sich zu erinnern, aber es wollte ihm partout nicht einfallen, wo er sich befand und wie er hierhergekommen war. Er tastete neben dem Kopfteil des Bettes die Wand ab und fand einen Lichtschalter.
Warmes Licht durchflutete den Raum. Peter sah nach oben. Mindestens ein Dutzend Lampen waren in der edlen Holzdecke eingelassen. Eine Tür stand offen. Sie führte in ein Bad, in dem Marmor glänzte.
Sieht aus wie ein Hotelzimmer, dachte Peter. Und zwar wie

das edelste Hotelzimmer, das er je gesehen hatte. Er stand auf und ging einige Schritte zu einem großen Schreibtisch aus dunklem Holz. Eine Glasplatte lag darauf und auf dieser wiederum ein Prospekt. Er streifte ihn nur beiläufig mit seinem Blick, weil er gleichzeitig einen Schalter im Fensterrahmen entdeckte. Peter drückte ihn. Die Rollläden fuhren nach oben, quälend langsam.

Was würde er draußen zu sehen kriegen? Wo in aller Welt war er? Rocky Beach konnte es nicht sein, dort gab es kein so nobles Hotel. Los Angeles? Aber wie sollte er dorthin gekommen sein?

Er bückte sich, als ein Teil des Fensters frei lag, um nach draußen schauen zu können.

Sein erster Eindruck war: *Ich bin hoch oben. Verdammt hoch oben!* Der zweite: *So ein verrücktes Gebäude habe ich noch nie gesehen. Das ist nicht Los Angeles.*

Aber er befand sich zweifellos in einer Großstadt. Vor ihm lag eine gigantische Metropole, ein Meer aus Hochhäusern, über dem gerade die Sonne aufging.

Der Zweite Detektiv blinzelte einmal. Tatsächlich. Hinter diesem bizarren Turm mit den roten Kugeln lag ein breiter Fluss. Dahinter ragten aus einer endlosen Weite von Hochhäusern ein paar noch höher in den Himmel. Zum Beispiel zwei, die dicht nebeneinanderstanden und aussahen wie gigantische aufgedrehte Lippenstifte, die einander anschauten.

Peters Blick wanderte zurück zu dem Turm vor ihm mit den zwei, nein, drei großen Kugeln, die metallisch glänzten und in der Mitte in breiten Querstreifen rot gefärbt waren. Er erinnerte Peter an ein viel zu groß geratenes Spielzeug, das auf wuchtigen, irgendwie asymmetrischen Pfeilern ruhte. Der Turm musste ein paar hundert Meter hoch sein, mindestens …

Peter stockte der Atem.

Sein Blick wanderte zurück zum Schreibtisch, zu dem Prospekt. Darauf war die Skyline einer Stadt zu sehen und der Turm stand mitten darin. Quer über den Prospekt zogen sich chinesische Schriftzeichen, darunter standen, viel kleiner, auch vertraute Buchstaben.

Shanghai, las Peter.

»Nein, nein, nein, nein, nein«, flüsterte er. »Alles klar, Peter. Das gibt's nicht.«

Der Rollladen war inzwischen ganz hochgefahren. Peters Blick wanderte zwischen Prospekt und Fenster hin und her. Der Turm! Dieser markante Kugelturm! Kein Zweifel. Die Skyline war identisch, wenn Peter auch aus einem anderen Winkel darauf sah.

Klar, dachte der Teil seines Verstands, der noch logische Schlussfolgerungen ziehen konnte, *ich bin in einem der höchsten Gebäude dieser Stadt, und das fast ganz oben.*

Und im nächsten Moment wurde ihm klar, was das noch bedeutete. Er war nicht nur nicht mehr in Rocky Beach – er war nicht einmal mehr in Amerika.

Er war tausende von Kilometern von zu Hause weg, mitten in China, in der gigantischen Großstadt Shanghai!

Peter setzte sich auf den Schreibtisch. »Alles klar«, wiederholte er, und es war ihm völlig egal, dass er ein Selbstgespräch begann, »du träumst, Peter Shaw. Nicht, dass du nicht schon

genug verrückte Sachen erlebt hast, aber das hier übertrifft alles.«
Er kniff sich in den Arm und kam sich gleichzeitig total albern dabei vor. Konnte man sich in einem Traum kneifen und würde man davon aufwachen? Wohl kaum, weil man ja nur träumte, dass man sich kniff.
Aber das spielte keine Rolle. Er wusste ohnehin, dass er nicht träumte. Was aber nichts daran änderte, dass er nicht begriff, wie das alles die Realität sein konnte.
Wie konnte er nach China gekommen sein, ohne irgendetwas davon zu wissen?
Das waren doch bestimmt zehntausend Kilometer!
Zehntausend!
Dazu musste man viele Stunden in einem Flugzeug sitzen. Und man konnte überhaupt nicht mal eben so nach China reisen. Man brauchte ein Visum. Das kostete Vorbereitungszeit und …
… und …
»Ruhig«, sagte er zu sich selbst. »Alles ist okay.« Unwillkürlich tastete er seinen Kopf ab, ob er irgendwo eine Beule spürte. Hatte er einen Schlag abbekommen und litt deshalb unter Gedächtnisverlust? Aber das war doch ebenso albern wie die Vorstellung, dass er träumte. Er war noch nie auch nur im Ansatz auf die Idee gekommen, nach China zu fahren.
Er begann eine unruhige Wanderung durch das Zimmer und lugte auch ins Bad. Ein Teil in ihm hoffte, dass sich dort seine Eltern versteckten oder seine Freunde Justus und Bob. Dass sie breit grinsen und ihm erklären würden, dass das alles ein Scherz war.

Aber natürlich war da niemand.
Er ging zur Zimmertür. Sie ließ sich nicht öffnen. Abgeschlossen! Und selbstverständlich gab es in einem modernen Hotel wie diesem keinen Schlüssel, sondern man benötigte eine Chipkarte zum Öffnen der Tür. Nur dass Peter keine hatte. Aber ließen sich solche Türen von innen nicht eigentlich immer öffnen?
Er dachte nicht weiter darüber nach, sondern eilte zurück zum Fenster, starrte wieder hinaus, und erneut wurde ihm klar, wie schwindelerregend hoch sein Zimmer lag. Es war ein sonniger Tag, aber am Horizont verschwand das Meer der Häuser in diesigem Nebel. Auf dem Fluss setzte gerade eine große Fähre über. Die Menschen darauf waren klein wie Ameisen.
Peters Herz raste, als er sich den Hörer des Telefons auf dem Schreibtisch schnappte. Die Leitung war tot.
Das war doch alles nicht wahr.
Das konnte nicht sein!
In einem noblen Hotelzimmer eingesperrt, in hunderten Metern Höhe, mit einem toten Telefon, zehntausend Kilometer von zu Hause, mitten in Shanghai?! Und er hatte keine Ahnung, wie er hierhin gekommen war.
Peter zwang sich zur Ruhe. Er musste nachdenken. »Eine Bestandsaufnahme«, flüsterte er vor sich hin.
Er trug eine kurze Jeans, ein einfaches T-Shirt und Turnschuhe. Die Sachen kannte er. Das waren seine Klamotten. Von zu Hause. In Rocky Beach.
So weit, so gut. Das hatte er auch angehabt, als er dem Jungen geholfen hatte, der verfolgt worden war.

Dem … dem Jungen? Wie kam er darauf? Moment, das war sicher wichtig! Aber Peter konnte sich nicht genauer erinnern, es war wie ein Nebelschleier mitten in seinem Kopf, in seinen Erinnerungen.

Seine Hand fuhr in die Hosentasche. Kein Handy. Natürlich nicht. Wenn er entführt worden war – und das war er doch, oder? –, würde man ihm kaum sein Handy gelassen haben. Andererseits steckte man ein Entführungsopfer auch nicht in ein supernobles Hotelzimmer in exquisiter Lage mitten in der modernen Skyline von Shanghai.

Um auf Nummer sicher zu gehen, durchsuchte der Zweite Detektiv das Bett. Immerhin könnte ihm das Handy ja aus der Tasche gefallen sein. Er wurde nicht fündig und in den Schubladen des Nachttisches ebenso wenig.

Als Nächstes nahm er sich den Schrank vor. Weder befanden sich darin Klamotten noch ein Koffer. Auch im Badezimmer gab es nichts Persönliches, keine Zahnbürste, nichts.

Er hörte ein Geräusch.

Das Klacken einer Tür.

Jemand betrat das Zimmer!

Noch immer im Badezimmer, versteinerte der Zweite Detektiv. Was sollte er tun? Sein erster Impuls war, sich zu verstecken, doch das würde ihm allenfalls ein paar Sekunden bringen. Also riss er sich zusammen, straffte seine Haltung – und trat in das Hauptzimmer.

»Wer sind Sie?«, fragte er die junge Frau, die gerade die Tür hinter sich zuzog. Erst als die Frage heraus war, wurde ihm bewusst, dass sie ihn womöglich gar nicht verstand – denn es handelte sich eindeutig um eine Chinesin. Sie war schmal

und lackschwarzes Haar fiel ihr glatt bis auf die Schultern. Sie trug eine schwarze Hose, ein rotes Shirt ... und ein überlegenes Lächeln zur Schau.
»Peter Shaw«, sagte sie und stellte damit klar, dass sie über die Situation genau im Bilde war.
Eine kleine Chipkarte verschwand in der Tasche ihrer weiten Hose – das musste der Zimmerschlüssel sein, mit dem sie die Tür geöffnet hatte. Das entging Peter nicht. Natürlich nicht.
»Bist du also aufgewacht, ja?« Ihr Englisch war sogar sehr gut, man musste sich sehr anstrengen, wenn man einen Akzent heraushören wollte.
»Bin ich«, stellte Peter das Offensichtliche fest. »Und ich würde gerne wissen, wo ich mich befinde.«
»Was weißt du über deinen Aufenthaltsort?« Sie kam ein paar Schritte näher. Dabei bewegte sie sich geschmeidig wie eine Katze.
Peter überlegte, ob er sich dumm stellen sollte, entschied sich aber dagegen. »Dies ist Shanghai.«
»Sehr gut. Du befindest dich in einem der prominentesten Gebäude im modernen Teil der Stadt, im Shanghai World Financial Center oder kurz SWFC, auch Flaschenöffner genannt wegen der markanten Öffnung in den oberen Stockwerken. Diesen Namen finden vor allem die Touristen offenbar witzig, die –«
»Schon gut«, sagte Peter, dem nicht nach Sightseeing-Informationen zumute war. »Wer sind Sie?«
»Nenn mich Katara.«
»Und weiter?«
»Nichts weiter. Katara. Das sollte genügen.«

»Einverstanden.«
»Du hast ohnehin keine Wahl, Peter Shaw.«
Peter zögerte kurz. »Wie bin ich hierhergekommen?«
Katara schwieg.
»Was soll ich hier?«
Keine Antwort.
»Haben Sie mich entführt?«
Diesmal reagierte sie. »Lass die Fragen, du wirst noch früh genug alles erfahren.«
»Also wurde ich entführt? Sie halten mich hier fest? Ich kann diesen Raum –«
»Lass die Fragen«, wiederholte sie. »Und langweile mich nicht, indem du –«
Sie hatte ihn nicht aussprechen lassen und nun zahlte Peter es ihr mit gleicher Münze heim. Nicht mit Worten, sondern mit Taten! Ansatzlos stürmte er auf die Frau los. Zeit, einen großartigen Plan zu entwickeln, war ihm nicht geblieben – aber vielleicht konnte er sie mit einem Überraschungsangriff überwältigen. Und dabei an die Chipkarte in ihrer Hosentasche kommen … um aus dem Zimmer zu fliehen! Er befand sich in einem Hotel, da musste ihm doch jemand helfen, wenn er auf dem Flur nur laut genug auf sich aufmerksam machte! Peter packte ihren rechten Arm und wollte ihn ihr auf den Rücken drehen, sie in eine Art Schwitzkasten nehmen.
Ihre Reaktion kam so schnell, dass Peter die Bewegung nicht einmal sah. Wie eine Schlange entwand sie sich seinem Griff, schüttelte ihn ab und trat ihm die Beine weg. Hilflos stürzte Peter plump wie ein Kartoffelsack aufs Hinterteil. Dann

packte sie ihrerseits seinen Arm und bog ihn schmerzhaft nach oben. Peter schrie leise auf und sie ließ wieder los. Gerade noch rechtzeitig. Peter zweifelte keine Sekunde daran, dass sie ihm sonst den Arm ausgekugelt oder gar gebrochen hätte.

»Na, na, Peter Shaw«, sagte sie, völlig ruhig und nicht im Geringsten außer Atem. Das Lächeln blieb wie festgemeißelt in ihrem Gesicht. »Könnte sein, dass ein blauer Fleck zurückbleibt. Ich empfehle dir, die Stelle rasch zu kühlen.«

»Welche Stelle?«, fragte Peter, während er sich zur Seite wälzte und auf die Knie quälte.

»Das wirst du schon merken.« Katara wandte sich ab und ging Richtung Tür. »Schätze, in …«, sie warf ihm einen Seitenblick zu, »… etwa zwei Sekunden.«

Peter kam auf die Füße, stemmte sich hoch – und knickte im rechten Bein ein. Schmerz schoss ihm von der Kniekehle aus in den Oberschenkel.

»Siehst du?«, fragte sie süffisant und verließ das Zimmer. Die Tür fiel wieder ins Schloss.

Oh ja, er wusste, welche Stelle sie meinte. Peter humpelte ins Bad, nahm ein Handtuch und durchnässte es mit kaltem Wasser. Das wickelte er sich um die schmerzende Kniekehle. Dabei dachte er an die junge Frau, die ihn mit spielerischer Leichtigkeit überwältigt hatte, so lässig, als wäre sie einem asiatischen Kampfsportfilm entsprungen. Dort würde sie wahrscheinlich irgendeinen Actionnamen tragen – *Katara-Girl* oder so ähnlich.

Peter ließ sich auf den Rand der Marmorbadewanne sinken. Er musste nachdenken. Dringend!

Drei Eulen und ein Zuko

»Ich lag im Bett und drei Eulen schauten mich an«, sagte Justus Jonas, während er sich den letzten Keks aus der Schachtel angelte.

Sein Freund Bob Andrews schwang den Schreibtischstuhl vor dem Computer herum. Das Brummen und Tackern des Druckers erfüllte die Zentrale der drei ???, während das Gerät mehrere Blätter Papier ausspuckte. »Was?«, fragte er irritiert.

»Na, du hast mich eben gefragt, was ich so erlebt habe, seit wir uns vorgestern voneinander verabschiedet haben«, meinte Justus mit einem Grinsen, »und da ist mir das als Erstes eingefallen.«

»Das T-Shirt deines Onkels Titus, der hereinkam, als du abends im Bett noch gelesen hast, war also das Aufregendste, was dir zuletzt passiert ist?« Bob saß am Tisch in dem ausrangierten Campinganhänger, der den drei ??? als Zentrale diente. Momentan bearbeiteten sie keinen Fall und übten sich in gepflegter Langeweile. Und darin, auf ihren Detektivkollegen Peter zu warten, der einfach nicht auftauchen wollte.

Justus verdrehte theatralisch die Augen. »Es war ein wirklich, ich meine, *wirklich* sonderbares T-Shirt. So sehr, dass es schon wieder sehenswert war.« Der Erste Detektiv stutzte. »Woher weißt du überhaupt, dass ich von der Kleidung meines Onkels sprach? Und dass ich noch gelesen ha–«

»Ich habe Titus auch damit gesehen«, unterbrach der dritte Detektiv. »Du hast recht – es *ist* sonderbar. Der Anblick hat sich mir in die Netzhaut eingebrannt. Das vergesse ich so schnell nicht. Das mit dem Lesen war geraten. Du liest eben viel. Da war die Chance auf einen Treffer hoch.« Derweil schnappte sich Bob die ausgedruckten Papiere. »Genug jetzt von seltsamen Eulen-Shirts! Ich muss ein Referat für die Schule schreiben und dazu diesen Artikel aus dem Internet durcharbeiten.«

»Jetzt?«, fragte Justus. »Mitten am helllichten Tag und am ersten Tag der letzten Ferienwoche?«

»Na ja, wir sitzen hier doch sowieso nur rum und warten auf Peter. Wo bleibt der überhaupt?«

Der Erste Detektiv schaute auf die Uhr. »Keine Ahnung. Aber weißt du was? Es ist drei Uhr. Ich könnte ein Stück Kirschkuchen vertragen. Es ist noch welcher in der Gefriertruhe. Dank an meine Tante.« Er grinste wie ein zufriedenes Honigkuchenpferd.

»Geht es den beiden gut?«, fragte Bob beiläufig, während er die Nase in die Papiere steckte. Mathilda und Titus Jonas, Justus' Tante und Onkel, waren seit einigen Tagen im Urlaub und würden erst in knapp einer Woche zurückkehren. Für Titus Jonas war es alles andere als einfach gewesen, seinen Gebrauchtwarenhandel für so lange Zeit zu schließen. Das war schon eine Ewigkeit nicht mehr vorgekommen, aber da ein besonders guter Verkauf die Kasse hatte klingeln lassen, hatte Mathilda sich sehnlichst gewünscht, wieder einmal wegzufahren, und Titus hatte nicht Nein sagen können. Justus hatte hoch und heilig schwören müssen, jeden Tag den Anrufbeantworter abzuhören, wichtige Kunden umgehend zurückzurufen und ihnen so gut wie möglich weiterzuhelfen.

»Alles bestens«, versicherte Justus. »Sie haben gestern Abend angerufen. Und deinen Eltern?«
Mr und Mrs Andrews waren ebenfalls im Urlaub – genau wie die Shaws. Das hatte es so noch nie gegeben: Alle drei ??? hüteten jeweils allein das Haus.
»Denen geht's auch gut«, meinte Bob. »Meine Mutter hängt den ganzen Tag am Strand und liest all die Romane, die sie im letzten Jahr nicht geschafft hat. Dad langweilt sich ein bisschen. Aber da gibt es Schlimmeres.«
»Zum Beispiel«, seufzte Justus, »sich *sehr* zu langweilen! Ich könnte einen neuen Fall vertragen, du nicht auch?«
»Nicht, solange Peter nicht hier ist.« Bob grinste. »Sonst müssten wir ja als *Die zwei ??* ermitteln.«
»Der wird bald auftauchen.« Justus zückte sein Handy und tippte Peters Kurzwahlnummer. Eine Standardansage verkündete, dass der gewünschte Teilnehmer zurzeit nicht erreichbar sei. »Nichts«, sagte Justus.
»Vielleicht hat er sich bei seinem geplanten Sporttag gestern überanstrengt und liegt immer noch in den Federn!«, meinte Bob. »Ich jedenfalls habe seit … warte mal, wann war das … ja, seit Samstagabend, also vorgestern, nichts mehr von ihm gehört.«
»Genau wie ich«, sagte der Erste Detektiv.
»Komm, fahren wir zu ihm.«
»Echt jetzt?«, fragte Justus unlustig.
Bob stand auf, um durch das Kalte Tor die Zentrale zu verlassen. »Eine kleine Fahrradtour kann nicht schaden!«
»Fahrrad«, ächzte Justus, folgte seinem Freund aber.
Der Campinganhänger lag unter einem Berg aus Schrott

verborgen. Heraus kam man durch einen kurzen Gang, der in einen ausrangierten Kühlschrank mündete – das sogenannte Kalte Tor.

Bob drückte von innen die Kühlschranktür auf. Draußen brannte die Sonne und die Luft waberte vor Hitze. Es wehte kein Lüftchen. Als die beiden Jungen ihre Fahrräder beim Eingangstor des Schrottplatzes erreicht hatten, standen ihnen schon Schweißtropfen auf der Stirn.

Ganz zu schweigen davon, wie sie aussahen, als sie kurz darauf beim Haus von Peters Eltern ankamen. Sie klingelten, aber niemand öffnete. Auch ein zweiter Versuch via Handy scheiterte. Also fuhren die beiden Freunde wieder zurück zum Schrottplatz.

Justus wollte gerade das Eingangstor öffnen, als er aus dem Augenwinkel etwas wahrnahm. Er nestelte mit dem Schlüssel herum, als würde das Schloss klemmen. »Ach, verflixt!«, sagte er und versuchte, möglichst natürlich zu klingen. »Es hat sich verhakt! Bob, hilf mir mal!«

Der dritte Detektiv lehnte sein Rad gegen die Mauer, stellte sich neben Justus und griff nach dem Schlüssel.

»Tu so, als ob es nicht aufgeht«, flüsterte Justus. »Jemand schleicht hier herum und beobachtet den Schrottplatz.«

»Das gibt's ja nicht!«, sagte Bob laut – und für jeden heimlichen Zuhörer musste er damit den Schlüssel meinen, der sich anscheinend auf überaus erstaunliche Weise verhakt hatte.

»Ein Junge«, wisperte der Erste Detektiv weiter, »unser Alter, helles T-Shirt, beigefarbene Baseballmütze, asiatisches Aussehen. Rechts, an der Mauerkante.«

Für einen Moment erstarrte Bob. »Den habe ich vorhin schon gesehen, als wir losgefahren sind«, flüsterte er. »Schnappen wir ihn uns. Plan zwei. Ich übernehme Peters Rolle.«
Mehr Worte mussten die beiden Freunde nicht verlieren. Plan zwei war ein exakt abgesprochenes Standardmanöver, wenn es darum ging, einen heimlichen Beobachter in Sicherheit zu wiegen und dann überraschend zu ergreifen.
Bob öffnete das Eingangstor und tat so, als sei er froh darüber, dass es endlich gelungen war. Beide schoben ihre Fahrräder auf das Gelände des Schrottplatzes und ließen das Tor offen. Sie schlenderten über den Innenhof … und wie erhofft tauchte das Gesicht des asiatischen Jungen bald am Tor auf. Er lugte zu ihnen herein.
Justus tat, als entdecke er den Beobachter erst jetzt. »Da ist jemand, Bob!«, rief er. Und, lauter: »Willst du zu uns?«
Der Junge zuckte zusammen, sah einen Augenblick unschlüssig aus … und rannte weg.
Justus und Bob stürmten hinter ihm her. Über die Straße und auf der anderen Seite den Bürgersteig entlang. Die beiden Freunde versuchten aufzuholen, doch der andere war verflixt schnell. Sie erreichten einen kleinen Parkplatz, auf dem nur wenige Autos standen. Bäume wuchsen rundum. Der Junge sprang über eine kleine Mauer. Er landete – wie nur Sekunden später Justus – auf dem Bürgersteig einer Nebenstraße. Dort parkten eine Menge Fahrzeuge vor den Wohnhäusern.
Gute Voraussetzungen für den nächsten Teil von Plan zwei. Den kniffligen Teil. Bob tat so, als ließe er sich abhängen, während Justus dranblieb und die Verfolgung fortsetzte. Der

Erste Detektiv rief dem Flüchtenden etwas nach, versuchte ihn abzulenken. So konnte Bob unbemerkt auf der anderen Straßenseite, in der Deckung der geparkten Wagen, geduckt weiterhuschen. Eigentlich übernahm Peter, der Sportlichste der drei ???, üblicherweise diesen heiklen Teil der Beschattung. Aber es gelang auch Bob, dranzubleiben, während der fremde Junge vermuten musste, es nur noch mit einem Verfolger zu tun zu haben.
Als der Verdächtige in eine Seitenstraße hetzte, die rechts abzweigte, fürchtete Bob, den Kontakt doch noch zu verlieren. Er rannte über die Straße und suchte erneut nach einem Versteck. Sein Herz hämmerte, weil die Gefahr groß war, dass er nun entdeckt wurde. Doch er blieb unbemerkt. Der andere hatte offensichtlich wenig Erfahrung darin, vor Verfolgern zu fliehen.
Ob er vielleicht doch nur ein zufälliger Beobachter gewesen war? Aber warum hätte er dann flüchten sollen?
Wie es Plan zwei vorsah, ließ sich nun Justus abhängen und blieb schwer atmend stehen – wobei Bob vermutete, dass der Erste Detektiv *tatsächlich* nicht mehr konnte. So würde sich der Unbekannte in Sicherheit wiegen und der Meinung sein, seine Verfolger abgeschüttelt zu haben. Der Junge rannte auf eines der Häuser zu, an der Vorderfront entlang und ging seitlich daneben in Deckung. Von seinem Versteck aus konnte Bob das genau beobachten.
Kurz darauf linste der andere um die Hausecke, bereit, sofort wieder zu fliehen, wenn seine Verfolger auftauchen sollten. Doch niemand ließ sich blicken. Bob kauerte hinter einem geparkten, ebenso hässlich blauen wie altersschwachen Chev-

rolet und ließ den Verdächtigen keine Sekunde lang aus den Augen. Er konnte die Erleichterung auf dem Gesicht des Jungen überdeutlich sehen. Aber da war noch etwas anderes. Verwirrung? Oder Ärger? Verzweiflung? Bob war sich nicht sicher.

Er rief Justus an, der außer Sichtweite war, und erklärte ihm flüsternd, wo sich der Junge versteckte. Es war für den Ersten Detektiv ein Leichtes, sich von der danebenliegenden Straße her zu nähern – und mit einem Mal war der Junge eingekesselt, ohne es auch nur im Geringsten zu ahnen.

Justus und Bob stürmten gleichzeitig auf ihn zu, von vorne und hinten – er hatte keine Chance, zu entkommen.

Die beiden Detektive schnappten sich den Burschen. Bob hielt ihn am Arm fest.

Der Junge sah eher zerknirscht als verzweifelt aus. Schließlich hatte er auch nichts getan, außer den Schrottplatz zu beobachten und dann abzuhauen. Justus und Bob waren sehr gespannt, was dahintersteckte.

»Wer bist du?«, fragte der dritte Detektiv. »Warum hast du uns beobachtet?«

»Mein Name ist Zuko. Lass mich los.« Der Junge sprach gut Englisch, mit einem leicht singenden Akzent.

»Wirst du wieder wegrennen?«

»Nein! Ich … ich wollte sowieso mit euch sprechen.«

Bob ließ los. »Na dann bin ich mal gespannt.«

»Ein guter Anfang«, meinte Justus, »wäre gewesen, uns nicht heimlich zu observieren und dann abzuhauen. Schon mal was von Klingeln gehört?«

Zuko verzog das Gesicht. Vielleicht sollte es auch ein Lächeln sein. »Stell dir vor, ja, das gibt's bei mir zu Hause in Shanghai auch. Na ja, nicht überall. Bei einer Menge Häuser in der Stadt muss man klopfen.«

»Können wir zur Sache kommen?«, bat Bob. »Was willst du von uns?«

Zuko schaute sich um. »Nicht hier. Ich bin nicht gern im Freien, wo man mich finden kann.«

»Wirst du verfolgt? Wolltest du uns um Hilfe bitten?«

»Bitte – nicht hier! Können wir bei euch weiterreden?«

Justus und Bob wechselten einen Blick und nickten. Also machten sie sich auf den Rückweg, diesmal nicht mehr als Verfolger, sondern mit Zuko einträchtig in ihrer Mitte.

Sie ließen sich weder auf dem Innenhof des Schrottplatzes nieder noch auf der Veranda, sondern in Tante Mathildas Küche. Erst da gab sich Zuko zufrieden.

»Ich habe euch beobachtet«, gab der chinesische Junge unumwunden zu. »Aber nicht, weil ich euch Böses wollte. Eigentlich hatte ich gehofft … na ja …« Er rutschte auf dem Stuhl hin und her. Die eiskalte Limo, die Justus vor ihn hingestellt hatte, rührte er nicht an.

»Sag schon«, meinte Bob. »Wir werden dir bestimmt nicht den Kopf abreißen, egal, was du vorhattest.«

»Ich hatte gehofft, Peter zu sehen.«

»Peter?« Justus knetete seine Unterlippe, wie er es oft tat, wenn er scharf nachdachte. »Was ist mit ihm?«

»Genau das ist die Frage!«, sagte Zuko. »Dass er nicht bei euch ist, gefällt mir gar nicht. Ich hatte sowieso einen schlimmen Verdacht. Der sich nun wohl bestätigt …« Er schaute mit zusammengezogenen Augenbrauen auf seine Füße.

»Lass dir nicht jedes Wort einzeln aus der Nase ziehen«, forderte der dritte Detektiv. »Raus mit der Sprache!«
Nun griff Zuko nach dem Limoglas, trank jedoch nicht daraus, sondern ließ die Spitze des Zeigefingers auf dem oberen Rand kreisen, während er ins Leere schaute. »Habt ihr versucht, euren Freund zu erreichen?«
»Haben wir«, stellte Justus klar. »Erfolglos.«
Zuko schaute auf. »Ich glaube, ich weiß, wo er ist. Nun ja, zumindest ungefähr.« Er legte die flachen Hände vor der Brust zusammen und senkte den Blick. »Er ist entführt worden.«
Mit einem Mal saß Bob aufrecht wie eine gespannte Feder. »Entführt? Von wem?«
»Ich habe da so eine Vermutung.« Zuko wand sich auf dem Stuhl.
»Du steckst da mit drin!«, sagte Justus knallhart. »Richtig?«
»Ja, es ist meine Schuld!«, gab Zuko zu. »Aber ich wollte das nicht!«

Erkenntnisse auf zwei Kontinenten

Peter lag auf dem Bett, die Hände hinter dem Kopf verschränkt, und starrte die Decke an. Seine Gedanken kreisten unablässig um die eine Tatsache, die eigentlich zu verrückt war, um wahr sein zu können: *Ich bin in Shanghai und ich habe keine Ahnung, wie ich hierhergekommen bin!*
Klar, in Filmen passierte so was, vielleicht auch in Büchern von Autoren mit etwas zu viel Fantasie ... aber doch nicht in Wirklichkeit!
Seit Katara-Girl das Zimmer verlassen hatte, war Peters Schätzung nach etwa eine Stunde vergangen. Er trug keine Uhr, und im Zimmer war nirgends eine zu finden, also konnte er sich nicht vergewissern. Das Zeitgefühl konnte einen ganz schön trügen, wenn man gezwungen war, tatenlos herumzuliegen und dabei die Gedanken wirbeln zu lassen.
Der Zweite Detektiv untersuchte erneut die Schubladen des Nachttischchens. Wahrscheinlich nicht zum letzten Mal. Vielleicht hatte er ja etwas übersehen, das ihm nützlich sein konnte. Natürlich fand er wieder nur dieses Buch, auf dem sich eine Menge chinesischer Schriftzeichen und das Bild einer aufgehenden Sonne zeigten. Vielleicht so eine Art Meditationsbuch oder eine buddhistische Schrift, dachte Peter – so wie man in amerikanischen Hotels meistens eine Bibel fand. Gab es in China überhaupt Buddhisten? Peter hatte nur eine sehr verschwommene Vorstellung von asiati-

schen Religionen. Er wusste überhaupt nur sehr wenig über dieses Land und seine Bewohner.
Plötzlich entdeckte er einen Knopf, genau an der Ecke des Nachttischchens. Ohne darüber nachzudenken, drückte er ihn. *Zimmerservice*, dachte er und grinste humorlos.
Stattdessen tauchte eine Projektion an der Zimmerdecke auf.

9:12

Das musste die Uhrzeit sein. Jetzt bemerkte Peter auch, dass es neben dem Knopf eine winzige Öffnung im Holz gab, aus der ein scharfer Lichtstrahl leuchtete und die Ziffern an die Decke warf. Gerade sprangen sie um.

9:13

Sehr schick, dachte er. Nur dass ihm das auch nicht viel brachte. Wie spät es wohl gerade in Rocky Beach war? Peter wusste, dass es eine Zeitverschiebung zwischen Kalifornien und China gab … mehrere Stunden vorwärts. Aber wie viele Stunden genau, wusste er nicht. Ziemlich viele jedenfalls. Wahrscheinlich war es in Rocky Beach noch gestern!
Seine Gedanken fuhren Karussell. Mühsam schob er all die Fragen beiseite, die wie von allein in seinen Überlegungen auftauchten. Er fand sowieso keine Antworten darauf, darum musste er sich auf das Wichtigste konzentrieren.
Konnte er fliehen?
So recht glaubte er nicht daran. Wer immer ihn nach Shang-

hai geschafft hatte und wie auch immer das gelungen sein mochte, derjenige würde garantiert mehr als ein genaues Auge auf ihn haben. Und Peter war nicht einmal mit Katara-Girl fertiggeworden. Vielleicht wartete vor der Tür eine ganze Kompanie von Wachtposten, und dabei war es egal, ob es sich um – mehr oder weniger – normale, moderne Leute handelte wie Katara oder um eine Horde Kampf-Ninjas in Kutten und mit Wurfsternen. Bei dieser Vorstellung musste Peter trotz seiner üblen Situation grinsen. Im nächsten Moment gefror es ihm allerdings auf den Lippen, als er sich vorstellte, dass dort draußen ja *wirklich* irgendwelche …

Es klackte, weil sich die Tür öffnete.

Katara kehrte zurück. »Komm mit«, forderte sie.

Zuerst glaubte Peter, sie würde ihn aus dem Zimmer führen. Stattdessen ging sie am Bett vorbei zu dem großen Panoramafenster. Peter stellte sich neben sie.

Der Blick nach draußen war wirklich überwältigend. Von den großen Städten seiner Heimat war Peter einiges gewohnt, aber das endlose Meer aus Wolkenkratzern jenseits des Flusses beeindruckte ihn dennoch zutiefst.

Katara deutete nach rechts. Dort stand am gegenüberliegenden Ufer eine Reihe von nur wenige Stockwerke hohen, irgendwie europäisch wirkenden, herrschaftlichen Gebäuden. Sie ließ ihren ausgestreckten Arm wandern, Peter folgte der Bewegung mit seinen Blicken. Bald deutete sie auf ein Gebiet, das Peter eher mit China in Verbindung brachte – die Dächer der Häuser dort waren geschwungen, reich verziert und voller Bögen. Dann wies Katara auf die gigantischen Gebäude ganz in der Nähe, diesseits des Flusses: einen

Turm, der in einer leuchtenden Krone endete; einen, der wie in einer eleganten Bewegung in sich gedreht war und alles andere überragte; den, der Peter schon früher aufgefallen war, weil er die riesigen, metallic rot gestreiften Kugeln trug. Liefen da Menschen am Rand der unteren Kugel auf einem breiten Balkon?

»Irgendwo dort unten ist es«, sagte Katara. »Und du wirst uns verraten, wo.«

»Was?«, fragte Peter. »Wovon sprechen Sie? Was suchen Sie?«

»Stell dich nicht dumm!«, forderte Katara kalt.

»Ich weiß wirklich nicht, was Sie meinen oder was Sie suchen«, sagte der Zweite Detektiv mühsam beherrscht.

Ihre Augen fixierten ihn. Ihr ganzes Gesicht blieb unbewegt. »Du wirst schon noch reden.«

»Das würde ich ja vielleicht, aber ich –«

»Still!«, befahl sie. »Ist dir überhaupt klar, mit wem du es zu tun hast?«

Eben nicht, dachte Peter verzweifelt. Sein Blick war wohl Antwort genug.

»Was ist das Letzte, an das du dich erinnerst?«, fragte sie.

»Ich … war zu Hause, in Amerika, in Rocky Beach und …« Und er hatte diesem Jungen geholfen – Zuko. Was für ein komischer Name. Aber was dann? Wieso hatte er diesem Zuko geholfen? Und wieso konnte er sich an nichts weiter erinnern? Was war bloß mit ihm geschehen? »Nichts«, sagte er, und er musste die Frustration nicht mal vorspielen. Dass er sich sehr wohl an Zuko erinnerte, verschwieg er allerdings.

»Ich habe keine Ahnung, wie ich nach China gekommen

bin! Meine erste Erinnerung ist, dass ich in diesem Zimmer aufgewacht bin und dass wenig später du hier aufgetaucht bist!« Im Eifer des Gefechts war er zur vertrauten Anrede übergegangen. Sie schien sich nicht daran zu stören.
Peter schaute auf die Projektion der Uhrzeit an der Decke.

9:21

Mit einem Mal rieselte ihm ein Schauer den Rücken herunter. Er wusste, dass er am Samstagabend ins Bett gegangen war, direkt nach seiner Lieblingsshow im Fernsehen ... aber jetzt konnte unmöglich Sonntagvormittag sein, die Zeit war zu knapp, um die Reise nach Shanghai hinter sich gebracht zu haben. Außerdem half da die Zeitverschiebung mit! Es war also Montag? Doch wer sagte ihm, dass seit der Nacht von Samstag auf Sonntag nur ein Tag vergangen war? Und nicht zwei, drei ... oder noch viel mehr, an die er sich nicht erinnerte?
»Welcher Tag ist heute?«, fragte Peter.
»Dienstag«, antwortete Katara bereitwillig.
Der Zweite Detektiv schluckte. Was war mit Sonntag und Montag? Wieso ...
»Du versuchst, die Ereignisse in eine Reihenfolge zu bringen«, sagte Katara und lächelte ihr Dauerlächeln. »Falls du dich fragst, *welcher* Dienstag gerade ist – keine Angst, du hast keine große Gedächtnislücke.«
Wenigstens mal eine gute Nachricht, dachte Peter.
»Die Leute meines Großvaters haben dich am frühen Sonntagmorgen in deinem Haus entführt«, erklärte sie im Plau-

derton, als würde sie einer Freundin beim Teetrinken erzählen, wie das Wetter bei ihrem letzten Urlaub gewesen war. »Noch vor Mittag warst du in einem Flugzeug, das in der Nacht zum Montag in Shanghai gelandet ist … nach amerikanischer Zeit. Durch die Zeitverschiebung war hier in der Stadt bereits später Nachmittag. Du warst immer noch betäubt und hast hier im Hotel die ganze Nacht durchgeschlafen. Noch Fragen?«

Eine Menge. Ein Dutzend. Hundert! Peter suchte sich eine der drängendsten aus. »Du behauptest also, du hast mich bewusstlos einfach so über die Grenze geschafft? Was ist mit Kontrollen am Flughafen?«

Sie lächelte nicht mehr – sie lachte. »Erstens war das nicht ich, das waren die Leute meines Großvaters. Und zweitens, Peter Shaw, solltest du dir eins merken: Passkontrollen sind für den Drachensohn das allergeringste Problem. Er hat seine Möglichkeiten, glaub mir das.«

»Der Drachensohn«, wiederholte Peter. »Damit meinst du deinen Großvater? Wer ist er?«

Katara schaute versonnen auf das endlose Häusermeer, über dem nun fast überall nebliger Smog waberte und alles in trübe Verschwommenheit versenkte. »Du weißt, was die Triaden sind?«

Peter wurde eiskalt.

»Du bist schuld an Peters Entführung?«, fragte Justus. »Wie sollen wir das verstehen? Und wo ist er?«

»Das ist nicht ganz einfach zu erklären«, sagte Zuko. Als hätte er sich mit dem grundlegenden Geständnis eine gewaltige

Last von der Seele geredet, griff er nun erleichtert nach der Limonade und kippte sie in einem Zug hinunter. »Es begann am Samstagabend. Ich wurde verfolgt.«

»Von wem?«, fragte der Erste Detektiv.

»Mensch, Just, lass ihn doch einfach erzählen!«, forderte Bob.

Justus brummelte irgendetwas in seinen nicht vorhandenen Bart.

Zuko setzte neu an. »Wie gesagt, ich musste fliehen. Vor wem, das … das kann ich euch später noch erklären.« Er schaute sich in der Küche um, als erwarte er, dass seine ominösen Verfolger plötzlich durch das Fenster oder gleich aus dem Herd herausspringen könnten. »Peter hat mir geholfen und wir sind gemeinsam abgehauen. Euer Freund kennt sich in Rocky Beach ja bestens aus, deshalb konnten wir meinen Feinden entkommen. Ich habe mich gewundert, warum er mir einfach so geholfen hat, wo er mich doch gar nicht kennt … da gab er mir seine Visitenkarte.« Er zog sie aus der Hosentasche und legte sie auf den Tisch.

»Damit wollte er mein Vertrauen gewinnen«, fuhr Zuko fort. »Und er fing an, mir Fragen zu stellen. Aber statt mit ihm zu reden, bin ich … Ich bin wieder abgehauen. Euer Freund dachte wohl, für ihn sei die Angelegenheit damit beendet. War sie es aber leider nicht, wie sich nun herausgestellt hat.«
Bob stand auf und griff sich den Notizblock und den Stift, mit dem Mathilda Jonas normalerweise ihre Einkaufslisten schrieb. Er kritzelte etwas auf das oberste Blatt: *Wer ist Zuko? Was will er?* »Du willst damit sagen, dass die Leute, die hinter dir her waren, nun Peter entführt haben, weil er dir geholfen hat?«
»Genau das«, sagte Zuko traurig. »Ehrlich, ich wollte ihn da nicht mit hineinziehen!«
»Wohinein?«, bohrte Justus nach. »Wer sind diese Leute, die dich verfolgt haben?«
Zuko seufzte. »Die Triaden.«
Dem dritten Detektiv fiel der Kugelschreiber aus der Hand. Der Stift kullerte über den Tisch und plumpste auf den Boden. »Die – Triaden?!«
»Genau die«, sagte Zuko traurig.
»Was hast du angestellt«, fragte Bob, »um dir die chinesische Mafia auf den Hals zu hetzen?«
»Das ist nur bedingt richtig«, sagte Justus mit seiner besten Oberlehrerstimme. »Die Triaden als chinesische Mafia zu bezeichnen ist zwar üblich, trifft aber nicht den eigentlichen Kern dieser kriminellen Vereinigung, die auf eine weit ältere und noch gefährlichere Tradition zurückblickt als die Mafia, wie wir sie –«

»Schon gut, Justus!«, fiel Bob ihm ins Wort. »Willst du jetzt wirklich einen Vortrag halten? Peter ist von den Triaden entführt worden! Vielleicht befindet er sich in Lebensgefahr! Ich habe zwar keine Ahnung, was sie von ihm wollen könnten, aber …« Er seufzte und versuchte, die Situation mit einem verzweifelten Witzchen aufzuheitern. »Vielleicht haben sie ihn mit dem chinesischen Meisterdieb Petel Shong verwechselt und ihn deshalb entführt.«
»Wir müssen ruhig bleiben«, forderte Justus, der das gar nicht lustig fand. »Zuko, erzähl uns alles, was du weißt! Wieso verfolgen dich die Triaden?«
Der Junge sah auf und in diesem Augenblick wirkte er wie ein in die Enge getriebenes Beutetier. »Weil ich selbst dazugehöre! Meine Familie ist einer der mächtigsten Triadenclans in Shanghai …«

In der Fremde

Die junge Frau neben ihm … Katara-Girl, die ihn wie nebenbei besiegt und zu Boden geworfen hatte … sie gehörte zu den Triaden! Nicht, dass Peter ganz genau wüsste, was es damit auf sich hatte, aber wer kannte nicht irgendwelche Geschichten über die chinesische Mafia, die ihre Finger in jedem Verbrechenszweig hatte und ihre Gegner gerne mal blutig aus dem Weg räumte? Hieß es nicht, dass ihnen noch vor hundert Jahren oder so quasi ganz Shanghai gehört hatte, weil sie die eigentlichen Drahtzieher an tausend Stellen im Untergrund gewesen waren?

Die drei ??? gegen die Triaden?

Das konnte nicht gut gehen. Zumal, dachte Peter, es nicht mal die drei ??? waren, sondern nur ein ?, das sich gerade mit Mühe davon abhielt, vor Angst mit den Zähnen zu klappern. Oder – der Gedanke kam ihm gerade zum ersten Mal – gab es noch zwei weitere Hotelzimmer wie dieses, in denen Justus und Bob gefangen saßen? Unsinn, jetzt ging seine Fantasie mit ihm durch!

Egal.

Die Situation war, wie sie war, und er konnte nicht davon ausgehen, dass sie sich von alleine ändern würde. Peter riss sich zusammen, schüttelte die Angst ab und fasste einen Plan. Leider blieb ihm nicht viel Zeit, um nachzudenken. Er musste improvisieren. *Wird schon schiefgehen*, dachte er.

»Hast du deine Situation nun begriffen, Peter Shaw?«, fragte Katara-Girl. »Ich spreche für den Drachensohn und ich sage dir, du *wirst* uns zu dem Versteck führen! Auf die eine oder andere Weise. Es kann einfach für dich sein oder …« Den Rest des Satzes ließ sie unausgesprochen. Ihre unmissverständlich drohende Geste sagte ohnehin mehr als tausend Worte. Unglaublich, dass sie sogar dabei noch lächelte.

Eins stand fest – sie war überzeugt davon, dass Peter irgendetwas wusste, von dem er in Wirklichkeit keine Ahnung hatte. Er wusste weder etwas von einem Versteck noch darüber, was dort verborgen sein sollte. Aber das konnte er so oft betonen, wie er wollte, Katara würde ihm nicht glauben. Also beschloss er, mitzuspielen, und begab sich damit auf mehr als gefährliches Glatteis. Lange würde das nicht gut gehen, aber wenn sein abenteuerlicher und hastig erdachter Plan wenigstens halbwegs funktionierte, musste es das auch nicht.

»Einverstanden«, sagte der Zweite Detektiv. »Ich wähle den einfachen Weg und kooperiere. Allerdings verlange ich –«

»Du bist nicht in der Situation, irgendetwas zu verlangen«, unterbrach sie ihn kalt.

Peter ließ sich nicht beirren. »Allerdings verlange ich, dass du mich hinterher freilässt. Und dass auch die Männer deines Großvaters mir keinen Ärger mehr machen.«

Sie sah ihn an. Was sie dachte, blieb unergründlich. »Ich werde mit dem Drachensohn reden. Vielleicht wird es ihn milde stimmen, dass du zur Vernunft gekommen bist. Diese Sache ist zu groß für dich, Peter Shaw – und das hätte Zuko wissen müssen, diese Blindschleiche!«

Sie wusste von Zuko! Also vermutlich auch von Peters Zusammentreffen mit ihm. Na ja, war wohl nur logisch … Das

Gespräch lief ansonsten gar nicht schlecht, fand Peter, auch wenn er Katara einerseits kein Wort glaubte und andererseits sowieso nicht wusste, wovon sie sprach. »Wir müssen zuerst nach draußen«, sagte er. »Du hast doch ein Auto zur Verfügung?«

»Selbstverständlich.« Sie wandte sich um, ging zur Tür. »Und Peter?«

»Ja?«

»Keine Dummheiten. Denk an dein Knie.«

Das schmerzte immer noch.

»Es gibt eine Menge Körperteile«, sagte sie, »die genauso schmerzen können. Und noch mehr.«

Sie betraten einen Korridor und Peter ermahnte sich dazu, seine Umgebung genau im Auge zu behalten. Jede Kleinigkeit konnte wichtig sein. Nach wenigen Schritten passierten sie eine offen stehende Zimmertür. Zwei Männer kamen heraus und schlossen sich ihnen an.

Nicht gut.

Gar nicht gut.

Ihr Weg führte sie in einem Aufzug nach unten, und das rasend schnell. Peters Magen hob sich ein wenig.

Die Kabine stoppte, die Türen schoben sich auseinander und sie betraten zu viert einen Raum, der neben einigen noblen Sesseln eine edle Rezeption beinhaltete, hinter der eine Chinesin saß. Sie lächelte ihnen zu – ihre Mimik erinnerte Peter verblüffend an die von Katara – und beachtete sie nicht weiter.

Ehe Peter und seine kleine Prozession ins Freie traten, schloss sich ihnen eine weitere Frau an.

Vier Wächter, und vielleicht gab es draußen noch mehr, die ihn nicht aus dem Auge lassen würden.
Ü-ber-haupt nicht gut.
Dennoch würde er einen Fluchtversuch wagen, wenn sich ihm eine Gelegenheit bot. Eine andere Möglichkeit gab es für ihn nicht.
Die Glastür schloss sich automatisch hinter ihnen. Peter atmete tief durch. Die Luft schmeckte ... anders. War von tausend Düften durchsetzt. Außerdem schwirrte sie geradezu vor Geräuschen. Und es war heiß. Der kleine Platz vor dem Hotel war durch einige Poller abgegrenzt, die mit Ketten verbunden waren; ein gepflasterter Weg führte geradeaus hinüber zu einer Öffnung. Dort stand ein Chinese in einer roten Uniform, der mit unbewegter Miene ins Leere schaute. Jenseits der Ketten wuselte und wimmelte es: Massen von Menschen eilten umher, Fahrzeuge aller Art brausten auf der mehrspurigen Straße vorbei ... Ein gutes Stück voraus überspannte eine Art Brücke einen großen Platz, ein kreisförmig gebogener Fußgängerweg, auf dem dutzende, hunderte Leute flanierten.
»Folg mir«, verlangte Katara-Girl. »Ich habe einen Wagen ...«
Mehr hörte Peter nicht.
Nicht nachdenken, sagte er sich. Jetzt oder nie. Zwar eskortierten ihn mehrere Personen, aber keiner hielt ihn fest. Sie rechneten nicht mit dem, was er nun tat, und vielleicht war es die größte Dummheit seines Lebens ... aber in dieser Menschenmenge konnte er untertauchen. Er hetzte los, rannte, sprang über die Kette, rempelte einen Mann mit einer Baseballmütze an – kein Chinese, wie der Zweite Detek-

tiv beiläufig wahrnahm, wohl ein Tourist – und stolperte fast. Ein Kind war ihm im Weg, er hastete an dem Mädchen vorbei und warf einen Blick über die Schulter. Katara-Girl war unterwegs, ihm hinterher. Die anderen sah er nicht, und das gefiel ihm gar nicht.

Im nächsten Moment drückte er sich zwischen wartenden Leuten an einer Bushaltestelle vorbei und fragte sich zum ersten Mal, ob er den Verstand verloren hatte.

Selbst wenn die anderen ihn nicht erwischten – was dann? Konnte er sich in Shanghai überhaupt irgendwie zurechtfinden? Er hatte kein Geld, keinen Ausweis, keine Aufenthaltsgenehmigung ... Wenn er sich an jemanden wandte, würde derjenige überhaupt Englisch verstehen? Wie stand es mit Schildern? Waren die nur auf Chinesisch beschriftet? Er hatte noch keines lange genug angeschaut. Konnte er einen Polizisten finden? Wie sahen die hier aus? Und wie würde der mit einem amerikanischen Jungen ohne Visum und Ausweis umgehen?

Egal. Jetzt war nicht die Zeit, um nachzudenken. Aber im Weiterlaufen las er ein Schild vor einem Laden, das in chinesischen Schriftzeichen und darunter auf Englisch damit warb, dass es hier freien Internetzugang gab.

Toll.

Das half ihm auch nicht weiter.

Peter rannte ins Unbekannte – und sah mit einem Mal ein bekanntes Gesicht, ganz nah: einer seiner Bewacher! Der Zweite Detektiv blieb stehen, wollte umkehren. Von dort quetschte sich Katara-Girl durch die Menge auf ihn zu.

Verflixt! War seine Flucht zu Ende, kaum dass sie angefangen hatte? Er entdeckte nur wenige Schritte entfernt eine Rolltreppe, die auf diese kreisförmige, hoch gelegene Fußgängerstraße führte, unter der sich der Verkehr hindurchwälzte. Aber da oben würde er wie auf dem Präsentierteller stehen. Dort konnte er nicht entkommen und …

Ein Bus! Nur wenige Meter entfernt von ihm war wieder eine Haltestelle und der letzte wartende Passagier stieg gerade ein.

Peter hastete los, quer über die Straße, und sprang durch die sich schließende Tür. Mehrere Leute sprudelten empörte Worte auf Chinesisch hervor. Der Bus fuhr abrupt los, Peter stolperte rückwärts, krachte gegen eine Haltestange – und sah seinen Verfolger, der ihn verärgert durch das Fenster anstarrte.

Durch Peters unendliche Erleichterung drang leider sofort ein anderes Gefühl. Er fuhr schwarz und hatte nicht mal das Geld, sich eine Fahrkarte zu kaufen. Er war völlig allein, mittellos, verloren in einer fremden Millionen-Metropole, in der er sich überhaupt nicht auskannte. Er hatte keine Ahnung, wohin die Fahrt ging. Und dass er seine Verfolger, die nicht umsonst zu einer perfekt organisierten Verbrechensvereinigung gehörten, so einfach komplett abgeschüttelt hatte, glaubte er auch nicht.

Er wusste nicht, wann er sich schon mal verlorener gefühlt hatte.

»*Du* gehörst zu den Triaden?«, fragte Bob fassungslos. »Zu einem weltweit operierenden Verbrecherclan, der durch Drogenhandel und –«

»Meine Familie gehört dazu«, fiel Zuko dem dritten Detektiv ins Wort. »Genau das ist mein Problem. Ich habe genug von den Machenschaften. Ich will aussteigen! Aber das ist nicht so einfach.«

»Hm«, machte Justus. »Das glaube ich dir.«

»Die Triaden sind kein einzelner Clan«, erklärte Zuko. »Das müsst ihr wissen, um meine Situation zu verstehen. Es gibt unzählige Familien, die unterschiedlich wichtig sind, unterschiedlich viel zu sagen haben und auch eine unterschiedliche Auffassung von der Art haben, wie die Triaden funktionieren.«

»Manche führen die Entstehung der Triaden auf ehrenhaften Widerstand gegen ehemalige Gewaltherrscher zurück«, sagte Justus. »Das ändert nichts daran, dass vor allem die beiden Riesenstädte Shanghai und Hongkong früher unter der Herrschaft der Triaden standen und sehr gelitten haben!«

»Mein Großvater ist das Oberhaupt unseres Clans«, sagte Zuko. »Sein Name ist Fan Hao und er hat mich im Zuge meiner Ausbildung auf Weltreise geschickt – eigentlich sollte ich gerade in Los Angeles sein, doch ich habe mich abgesetzt und bin hierher nach Rocky Beach gekommen. Zufällig! Ich habe einfach die erste Gelegenheit ergriffen, die sich bot, um abzuhauen.«

»Ein Akt des Widerstands gegen die Verbrechen«, sagte Justus. »Lobenswert!«

»Hm«, machte Zuko.

»Aber die Leute deines Großvaters haben dich verfolgt und gefunden«, schlussfolgerte Bob. »Richtig? Und dann hat Peter dir geholfen.«

»Fast richtig«, sagte Zuko. »Nicht die Leute meines Großvaters. Sondern die meiner Mutter. Ich …« Er griff nach seinem Limoglas, doch das war leer. Seine Hände nestelten nervös daran herum.

»Ja?«, drängte Justus.

»Es ist kompliziert! Die Triaden verlässt man nicht so einfach, das ist mir natürlich klar gewesen. Darum habe ich mich schon zu Hause in Shanghai abgesichert. Ich habe meiner Mutter etwas gestohlen. Ihr Name ist Fan Quoc und ich habe Beweise gegen sie, mit denen ich ihr einen schweren Schlag versetzen kann, wenn sie mich nicht in Ruhe lässt. Und wenn ich diese Informationen an die Öffentlichkeit brächte, würde das auch dem Clan als Ganzem schwer schaden.«

»Offenbar lässt sich deine Mutter davon aber nicht beeindrucken«, stellte Justus fest. »Oder wie soll ich das verstehen, dass sie dich trotzdem verfolgt? Was hast du ihr gestohlen?«

»Beweise für ihre Verbrechen und Intrigen! Das ist es nämlich, was mich endgültig dazu gebracht hat, den Schritt zu wagen und mich abzusetzen – dass meine Mutter zusätzlich zu den allgegenwärtigen Verbrechen noch gegen ihren eigenen Clan intrigiert! Gegen ihren Vater, meinen Großvater. Das … das hat das Fass zum Überlaufen gebracht. Das kann ich nicht mittragen. Ich …« Er presste die Lippen aufeinander.

»Ich verstehe«, versicherte Justus. »Und du hast deiner Mutter damit gedroht, die Beweise der Polizei zuzuspielen?«

Nun lachte Zuko. »Der Polizei? Quatsch! Was sollte das bringen? Ihr habt nicht begriffen, was die Triaden sind! Sie sind überall, versteht ihr, *überall*, und meine Mutter würde sich ohne Probleme aus jeder polizeilichen Untersuchung herauswinden!«

»Was also sonst?«, fragte Bob.

Justus atmete geräuschvoll durch. »Hast du nicht zugehört, Kollege? Zuko hat Beweise für Verbrechen und Intrigen – und ich vermute, es geht vor allem um Letztere, richtig? Intrigen innerhalb der Strukturen der Triaden, die deiner Mutter zum Verhängnis werden können!«

»Genau«, gab Zuko zu. »Meine Mutter Fan Quoc spielt ihr eigenes Spiel! Sie intrigiert auch gegen ihre eigene Familie, gegen unser Oberhaupt – also ihren Vater, meinen Großvater! Sie will sich selbst an die Spitze des Clans setzen.«

Justus nickte. »Also, dir geht es darum, auszusteigen – und du hast dafür den Moment gewählt, als du sowieso aus Shanghai draußen warst. Außerdem hast du dir eine Rückversicherung verschafft.«

»Die aber offensichtlich nicht ausreicht«, meinte Zuko. »Ich kann das nicht verstehen! Meine Mutter hat immer so sehr darauf geachtet, dass alles geheim bleibt. Sie wusste, wenn es herauskommt, wird ihr das das Genick brechen. Ich kann nicht begreifen, wieso sie jetzt auf diese Weise auf meine Erpressung reagiert. Das ist …« Er wechselte ins Chinesische und gab eine Lautfolge von sich, von der die beiden Freunde nur vermuten konnten, dass es sich um einen deftigen Fluch handelte. »Es tut mir so leid, dass ich euren Freund Peter da mit reingezogen habe. Nachdem ich dank seiner Hilfe am Samstagabend entkommen konnte, habe ich kalte Beine bekommen. So sagt man doch, oder?«

Justus sah verwirrt drein, doch Bob begriff: »Du meinst kalte Füße!«
»Richtig.« Zuko grinste matt. »Ich habe noch in der Nacht inoffizielle Kanäle benutzt und über das Internet meiner Mutter eine Nachricht zukommen lassen. Keiner außer ihr kann sie gelesen haben. Ich habe sie wissen lassen, dass es natürlich kein Zufall war, dass Peter mir geholfen hat. Ich habe behauptet, dass ich von vornherein mit Peter zusammengearbeitet habe und dass nur Peter weiß, wo in Shanghai die Beweise versteckt sind. Nur Peter, nicht ich! Angeblich hat Peter alles in Shanghai arrangiert.«
»Aber warum?«, fragte Bob. »Wieso hast du –«
»Weil ich meiner Mutter gegenüber deshalb behaupten konnte, dass es ihr nichts nützt, wenn sie mich jagt! Ich … ich habe ihr gesagt, wenn sie mich fängt, wird Peter alles öffentlich machen!« Der chinesische Junge senkte den Blick. »Ich schäme mich dafür – aber ich sah in dem Zufall, dass Peter – ausgerechnet Peter Shaw, ein Detektiv! – mir geholfen hat, eine Chance für mich! Ich hätte nie gedacht, dass meine Mutter so reagiert und Peter entführen lässt!«
»Wie konnte sie das so schnell arrangieren?«, fragte Justus.
»Wir haben Verbindungen überallhin – auch nach Los Angeles. Deshalb führte mich meine Amerikatour ja hierher.«
»Sie geht davon aus«, sagte Bob, »dass Peter weiß, wo deine Beweise versteckt sind. Irgendwo in Shanghai. Das ist doch verrückt!«
»Und äußerst raffiniert!«, fand der Erste Detektiv. »Zuko konnte behaupten, alles von Anfang an so arrangiert zu haben. Er hat geplant, seine Spuren zu verwischen, mit einem

perfekten Druckmittel gegen Fan Quoc. Er schiebt Peter vor und ist selber aus dem Schneider.«

»Du klingst, als würdest du ihn bewundern«, ätzte Bob.

»Na ja, er hat –«

»Es geht um Peter, Just! Er wurde von den Triaden entführt, und die glauben, er wüsste etwas, das er nicht weiß! Was werden sie mit ihm machen? Was, Zuko?«

Der Junge kaute auf seinen Lippen. »Ihn dazu bringen, alles zu verraten. Meine Mutter zu dem Versteck zu führen.«

»Aber er weiß doch nichts!«

»Eben das ist –«

»Moment«, fiel Justus ihm ins Wort. »Peter soll deine Mutter zu dem Versteck führen? Aber das würde ja heißen, dass …«

»Richtig«, sagte Zuko. »Ich fürchte, wir müssen davon ausgehen, dass meine Mutter euren Freund nach Shanghai geschafft hat.«

Bobs Augen weiteten sich. »Peter ist in – China?!«

»Davon müssen wir ausgehen. Und er weiß nicht nur nicht, wo die Beweise gegen meine Mutter sind – Peter weiß nicht einmal, wer ich bin oder warum ich verfolgt wurde.«

»Und trotzdem funktioniert deine Lüge«, sagte Justus. »Weil sie verflixt nah an der Wahrheit ist. Es gibt die Beweise, sie liegen tatsächlich irgendwo in Shanghai … und Peter als Detektiv passt zufällig perfekt ins Spiel.«

»Ruf deinen Großvater an«, sagte Bob. »Dann kommt alles ans Licht.«

»Das scheint meiner Mutter ja egal zu sein!«, sagte Zuko düster. »Außerdem – wenn ich das tue, gibt es Krieg in meiner Familie – und vielleicht unter allen Clans der Triaden. Das

könnte sich ausweiten und zu einer Katastrophe werden! Es gab schon einmal einen Triadenkrieg in Shanghai … das war schrecklich. Daran will ich nicht die Schuld tragen!«
»Ich glaube, ich habe davon gelesen«, sagte Justus. »Aber dass wir einmal damit zu tun haben könnten, hätte ich nicht im Traum gedacht!«
In diesem Moment krachte es.
Die drei Jungen sprangen auf.
»Die Haustür!«, rief Justus. Es hatte geklungen, als hätte jemand sie aufgetreten und gegen die Wand gedonnert.
»Das sind die Leute meiner Mutter!«, sagte Zuko panisch.
»Raus hier!«, rief Bob. »Wir müssen weg!«

Flucht!

Peters Herz hämmerte immer noch wild. Er saß seit einigen Minuten auf einem Sitz im mittlerweile überfüllten Bus, der sich durch nicht minder überfüllte Straßen schlängelte. Der Zweite Detektiv starrte aus dem Fenster und fragte sich, wie es weitergehen sollte. Unablässig rollten Mopeds vorüber, auf denen junge Frauen saßen, die einen weißen Mundschutz trugen – das, was man in Filmen oder auch bei chinesischen Touristen immer wieder sah, gab es also wirklich.

Der Bus bog ab und fuhr dicht an den breiten Fluss heran. *Huangpu*, erinnerte sich Peter plötzlich. *Durch Shanghai fließt der Huangpu*. Doch das half ihm auch nicht weiter. Die Bremsen quietschten, der Bus hielt. Peter stieg aus. Das war hier ebenso gut wie überall sonst. Und er wollte nicht beim Schwarzfahren erwischt werden.

Die Luft draußen schmeckte ein wenig muffig; sie wehte vom Fluss herüber. Die Gebäude am Ufer gegenüber ragten hoch auf. Auch jetzt am Tag blinkten unzählige Lichter an den Fassaden. An einer wechselten auf einem Bildschirm Bilder in rascher Folge – ein Herz, eine Skyline, dann etliche chinesische Schriftzeichen. Alles riesengroß.

Peter lief los, ohne Ziel. Er fühlte sich immer noch verfolgt. Er glaubte nicht daran, dass er seine Verfolger – die Triaden! – einfach so hatte abhängen können. Am besten verwischte er erst einmal jede Spur, indem er sich ins Getümmel zwischen den Häusern stürzte. Wie es dann weitergehen sollte, würde sich zeigen. Er musste Kontakt zur Polizei aufnehmen. Oder zur amerikanischen Botschaft. Aber wie sollte er die finden?

Immer mit der Ruhe! Ehe er sich nicht wirklich sicher fühlte, waren solche Gedanken sinnlos.

Also machte sich der Zweite Detektiv auf den Weg in die Menschenmassen. Nach wenigen Minuten kam er durch ein Tor zu einem Straßenmarkt zwischen den zerfallenen Fassaden eng beieinanderstehender Häuser.

Vor allem Obst und Gemüse wurden dort angeboten, in alten Kisten oder auf abgewetzten Tüchern auf dem Boden. In einer Wanne zappelten Fische. Peter entdeckte Schildkröten. Mittendrin standen zwei klapprige Stühle, auf denen Männer saßen, denen die Haare geschnitten wurden. Aus einem Haus dröhnte Musik. Als Peter offenbar einen Moment zu lange stehen blieb, wurde er vorwärtsgeschubst und jemand redete auf Chinesisch auf ihn ein.

Er drehte sich zu demjenigen um … doch er sah ihn kaum, weil sich sein Blick an einer Frau festfraß, die etwas mehr als zehn, höchstens zwanzig Meter von ihm entfernt stand. Er kannte sie. Sie hatte zu seinen »Begleitern« gehört!

Verflixt!

Peter warf sich herum, stürmte los – und stolperte über eine große Plastikkiste. Wasser platschte heraus und Fische zappelten nun auf dem Boden. Zwei, vier, sechs Verkäufer stürmten heran, redeten aufeinander ein, einer packte Peter am T-Shirt. Der Zweite Detektiv riss sich los und ihm war klar, dass dieses Missgeschick sein Glück war! Die erbosten Chinesen versperrten seiner Verfolgerin den Weg.

Peter erreichte das andere Ende des Straßenmarkts und

quetschte sich durch eine eiserne Drehtür. Sie schwang hinter ihm quietschend noch eine Vierteldrehung weiter. Er rannte weiter. Bei einem der alten Häuser stand die Tür offen – ein schäbiges Stück Metall, das zur Seite geschoben war. Davor stand ein dreirädriges Fahrrad, dessen hinteres Ende aus einem Wagen bestand, auf dem sich Kisten und Plastikbehälter in schwindelerregende Höhen stapelten. Sollte er sich in dem Haus verstecken? Er blieb stehen, schaute hinein. Eine uralte Frau saß in dem mit Krimskrams vollgestopften Raum. Hocker, Tischchen, Stühle, Schüsseln überall. Sie lächelte Peter an.

Der Zweite Detektiv entschied sich dafür, weiterzurennen. Die Häuser standen dicht zusammen, die Straße dazwischen war eher ein Gässchen. Rohre verliefen darüber hinweg, in etwa zwei Meter Höhe. Wäschestücke baumelten daran. Peter musste ihnen ausweichen. Er schaute über die Schulter zurück. Seine Verfolgerin war nirgends zu sehen. Oder doch? War sie das da hinter dem Mann mit dem riesigen dreieckigen Strohhut, der aussah wie eine runde Pyramide?

Etwas klatschte gegen Peters Stirn.

Er schrie auf, hob die Arme, um sich zu wehren – und schalt sich selbst einen Narren. Er war in ein klatschnasses Hemd gelaufen, das dort zum Trocknen hing, nichts weiter.

Erleichtert taumelte er zur Seite – und stolperte. Ein dünnes Hundekläffen, dann ein Jaulen, und Peter sah, dass er einen kleinen Pudel getreten hatte. Der Anblick war so seltsam, dass er für eine Sekunde nichts anderes wahrnahm: Das Fell des Tieres war fast überall kahl geschoren, nur an den Ohren und über den Pfoten nicht. Dort war es eingefärbt, leuchtend rosa, blau und orange. Direkt neben dem Hund saß eine Katze, die mit einer Leine an ein Gitter vor dem Fenster angebunden war.

Das ist nicht meine Welt, schoss es Peter durch den Kopf. *Das ist nicht meine Welt, wie soll ich das hier bloß überstehen?*

Er fühlte sich, als hätte man ihn nicht nur nach China, sondern auf einen anderen Planeten entführt. Der dreirädrige Fahrradwagen klapperte samt seiner Ladung an ihm vorbei. Der Fahrer trug ein Pandakostüm, das nicht den Blick eines einzigen der Passanten auf sich zog, die unzählige Plastiktüten vom Straßenmarkt schleppten.

Peter erreichte wieder eine etwas größere Straße und sah einen Bus, der gerade vor einem Haus hielt, das hinter einem Holzgerüst förmlich verschwand.

Der Zweite Detektiv entschied sich, es erneut zu wagen. Er war schon einmal mit einem Bus geflohen. Vielleicht würden seine Verfolger diesmal seine Spur endgültig verlieren. Er hastete los, wich einigen Mopeds aus, die wild hupten, und sprang in den anrollenden Bus.

Bitte keine Kontrolle, dachte Peter, dem der Kopf vor Menschen, Gerüchen und einer Million Werbetafeln schwirrte. Plötzlich begann ein Mann eine Reihe vor ihm zu würgen, lehnte sich aus dem offenen Fenster und erbrach sich auf die Straße. Niemand scherte sich darum. Natürlich nicht. Diese Lektion hatte Peter bereits gelernt – hier scherte sich niemand um irgendetwas. Wahrscheinlich würde es auch niemanden kümmern, wenn seine Verfolger ihn doch erwischten, ihn auf offener Straße packten und mit vorgehaltener Waffe in einen Wagen zerrten.

Diese Welt gehorchte ihren eigenen Gesetzen. Und Peter steckte so hoffnungslos mittendrin, dass er sich anpassen musste.
Irgendwie.

Justus, Bob und Zuko starrten sich eine Sekunde lang an. Zukos Verfolger waren auf rabiate Weise ins Haus eingedrungen und wären bestimmt nicht zimperlich, wenn sie den Jungen endlich erwischten … und die, die ihm beistanden.
Justus rannte als Erster los. »Mir nach!«
Sie hasteten durch den Flur ins Wohnzimmer – wo sie sich erschrocken umdrehten. Zwei Männer stürmten hinter ihnen heran. Es waren Chinesen und sie sahen alles andere als freundlich aus. Zuko ächzte.
»Zur Veranda!« Bob war zuerst an der Glastür und riss sie auf. Die drei Jungen polterten über die Holzbohlen, flankten über das Geländer und landeten in Tante Mathildas Gemüsegärtchen. Sie wollten über den Schrottplatz entkommen, doch den Weg zum Hauptausgangstor versperrten zwei weitere Gestalten.
Zuko sah sie und rannte kopflos in die entgegengesetzte Richtung. »Nicht da lang! Komm mit uns!«, rief Bob ihm nach. Doch der Junge hörte nicht auf ihn, sondern hastete weiter – ohne zu ahnen, dass es auf diesem Weg keine Möglichkeit gab, zu entkommen!
»Aufteilen«, rief der dritte Detektiv. »Ich hol Zuko!«
»Schrottberg?«, presste Justus schwer atmend heraus.
»Richtig!« Bob rannte Zuko nach. Der war inzwischen hin-

ter dem Schuppen mit Onkel Titus' Lieblingsschrott verschwunden. Das war allerdings eine Sackgasse.

Bessere Chancen bot der Weg, den Justus eingeschlagen hatte. Wenn es ihm gelang, auf den Schrottberg zu klettern, der sich über der Zentrale türmte, konnte er die Außenmauer erreichen und auf der anderen Seite hinunterspringen.

Zumindest hoffte Bob das. Dann würde wenigstens einer entkommen! Für Zuko und ihn selbst sah es da wesentlich übler aus. Verflixt, wo war der Junge? Bob hörte einen Schrei, gefolgt von lautem Rumpeln. Das war Justus!

Es klirrte metallisch. Wahrscheinlich rollten einige Eisenstangen über den Boden. Bob verstand die Worte nicht, die zu ihm herüberdrangen ... aber der Tonfall ließ vermuten, dass es sich um einen chinesischen Wutausbruch handelte.

Ihm blieb keine Zeit, darüber nachzudenken. Er entdeckte Zuko, der sich schwer atmend an die Hinterwand des Schuppens presste. Die Augen des Jungen waren geweitet.

»Komm mit!«, zischte Bob ihm zu.

Doch da war bereits einer der Verfolger heran, sprang an Bob vorbei und packte Zuko. Ein kurzer Wortwechsel auf Chinesisch folgte – hastig ausgestoßene, alles andere als freundlich klingende Worte – und Zuko schien sich in sein Schicksal zu fügen. Jedoch nur, um dem Mann, der ihn hielt, plötzlich die Ellenbogen in den Magen zu rammen.

Der Überraschungsangriff gelang!

Zuko kam frei, entwand sich dem Griff und rannte mit Bob los. Blindlings irgendwohin. Sie mussten versuchen, vom Schrottplatz zu entkommen, der momentan nur eins war: eine einzige große Falle!

Bob entdeckte Justus … und er hatte sich nicht getäuscht, was die Quelle des Lärms vorher anging. Es sah nicht gut aus. Der Erste Detektiv quälte sich gerade zwischen einem Wust umherrollender und verhakter Eisenstangen auf die Füße. Zum Glück hatte es seinen Verfolger ebenfalls erwischt – der Mann warf gerade eine der Stangen von sich, die quer über seinen Beinen lag, kam in die Hocke und sprang auf Justus zu.

Bob wollte dazwischengehen, seinem Freund helfen, doch er kam zu spät.

Justus erstarrte, als der Chinese eine Pistole auf ihn richtete. »Jetzt beruhigen wir uns alle«, sagte er – sein Englisch hatte einen starken, singenden Akzent. »Und ihr beide kommt zu mir … aber nicht zu nahe!«, rief er Zuko und Bob zu.

Kurz darauf waren die drei Jungen von drei Chinesen umringt. Der mit der Waffe redete auf Zuko ein und der Junge antwortete. Der Wortwechsel fand auf Chinesisch statt, sodass Bob und Justus kein Wort verstanden. Zuko sah allerdings erwartungsgemäß nicht sonderlich glücklich aus.

Justus und Bob wechselten einen Blick. Der Erste Detektiv fasste sich ein Herz: »Was wollen Sie von uns? Wir haben mit dieser Sache nichts zu tun!«

Eine Hand legte sich schwer auf seine Schulter und einer ihrer Gegner brachte sein Gesicht so nahe an das von Justus, dass sich dem Ersten Detektiv der Magen umdrehte, als er den sauren fischigen Mundgeruch so dicht vor der Nase hatte.

»Wir haben euren Freund Peter«, sagte der Chinese. »Das heißt, wir hatten ihn. Er ist uns entwischt und dafür werdet jetzt ihr mitkommen!«

»Aber –«, setzte Justus an.
Der Mann ließ ihn nicht ausreden. Er zeigte auf Zuko: »Bedank dich bei ihm. Er hat das angerichtet! Und ihr alle drei werdet das wiedergutmachen!«
Im nächsten Moment presste sich etwas auf Justus' Mund und Nase. Es roch scharf und bitter, und ihm war, als hülle ihn ein dunkler Nebel ein.
Ein Betäubungsmittel, dachte der Erste Detektiv noch, dann stürzte er in den dunklen Raum hinter seinen geschlossenen Augen.

Im Jing'an-Tempel und in der Luft

Irgendwann stieg Peter aus dem Bus. Auf der mehrspurigen Straße, an der er nun stand, rollten unablässig Autos und Horden von Mofas vorüber. Daran, dass Chinesen ihre Wäsche offenbar überall zum Trocknen aufhängten, hatte er sich mittlerweile gewöhnt … aber Hemden, Hosen und Handtücher auf Verkehrsschildern und in Büschen direkt neben dem mehrspurig brausenden Verkehr flattern zu sehen, war schon ein seltsamer Anblick. Da wurde alles ja gleich wieder dreckig.

Im nächsten Moment sah er einen Mann, der in aller Seelenruhe auf der zweiten Spur der Straße stand und sich mit einem Akkurasierer rasierte, während um ihn herum Autos wild hupten und ihn umkurvten. Ich werde diese Stadt und ihre Bewohner nie verstehen, dachte Peter.

Auf der anderen Straßenseite begann ein Park – eine große, offene Grünfläche. Schon bei der Vorstellung, auf der weiten, ebenen Fläche zu sein, fühlte sich Peter ausgeliefert und beobachtet. Hinter sich entdeckte er dagegen eine lange, trutzige Mauer, die so gar nicht mitten in diese Stadt passen wollte. Hinter einem Tordurchgang sah er kleine Bauten mit goldenen, geschwungenen Dächern, ähnlich denen, die er schon vom Hotelfenster aus gesehen hatte. An den Häusern hingen verzierte Balkone aus weißem Gestein. In einem großen Innenhof ragte so etwas wie ein schlanker, mehrstöckiger Brunnen auf. Eine Menge Menschen trieben sich dort herum, unter anderem mehrere Männer in orangeroten Roben.

Ein Tempel, dachte Peter. Das musste eine traditionelle Tempelanlage sein. Vielleicht bot sie Sicherheit, zumindest fürs Erste.

Also ging der Zweite Detektiv durch das Tor – wollte es zumindest. Zu spät fiel ihm auf, dass aus einem winzigen Fensterchen in einem Raum innerhalb der dicken Mauer eine uralte chinesische Frau schaute und Eintrittskarten verkaufte. Peter blieb stehen, machte eine Geste mit halb erhobenen, offenen Händen, die anzeigen sollte, dass er kein Geld hatte. Die Chinesin lächelte ihn freundlich an. »Kinder in Jing'an-Tempel frei«, radebrechte sie in stockendem Englisch. Peter verspürte keine Lust, darüber zu diskutieren, ob er noch ein Kind war, und ging in den Innenhof.

Erneut befand er sich in einer völlig anderen Welt. In einem breiten Ofen – Peter wusste nicht, wie er das gusseiserne schiffsähnliche Gebilde sonst nennen sollte – brannte Räucherwerk und verbreitete süßlich-würzigen Geruch. Es war leiser als überall sonst, jeder schien andächtig zu sein. Einer der Mönche ging an ihm vorbei, in der orangeroten Kutte, die Peter schon vorher gesehen hatte. Sein Kopf war geschoren und irgendwie schien es überhaupt nicht zu passen, dass er, während er langsam dahinschlenderte, auf einem offenbar topmodernen Smartphone herumtippte.

Um überhaupt etwas zu tun, ging Peter zu einem reich verzierten, treppenartig aufragenden Türmchen, vor dem Kinder standen und versuchten, Geldmünzen in einen der höheren Absätze zu schnippen. Manche landeten oben, andere

klimperten auf den Boden, wo die Kinder sie nicht weiter beachteten. Eine Menge Münzen lagen dort.
Peter dachte eine Sekunde lang darüber nach, sich zu bücken und ein paar der Geldstücke aufzuheben – dann hätte er wenigstens einen Notgroschen, und sei es nur, um sich irgendwann eine Flasche Wasser zu kaufen. Im nächsten Augenblick schämte er sich entsetzlich für den Gedanken. Offenbar war das hier eine Art Opferstelle, und was er gerade ernsthaft in Erwägung gezogen hatte, wäre nichts anderes gewesen, als in einer Kirche Geld aus der Kollekte zu klauen.
Er ging hastig weiter, eine breite Treppe hinauf und in eines der Häuser mit den goldenen Dächern hinein. Dabei stieß er mit dem Fuß gegen einen Absatz, stolperte und konnte sich gerade noch abfangen. Die Türöffnung ging nicht bis hinunter zum Boden – die gemauerte Schwelle war sicher zwanzig Zentimeter hoch, sodass er einen großen Schritt darüber machen musste. Er kam sich dumm vor, das nicht gesehen zu haben.
Im Inneren schaute er auf eine große, goldene Buddhagestalt, vor der ein Tisch mit feinem Porzellan gedeckt war. Ein Geländer trennte sie von dem Besucherraum ab, auf dessen Handlauf sich weitere Opfergaben sammelten – Münzen, Früchte, aber auch Plastikpäckchen mit Süßigkeiten und Colabecher.
»Auch die Kinder geben gerne«, sagte eine sanfte Stimme hinter Peter und eine Hand schloss sich wie ein Schraubstock um seinen Oberarm. »Sie ehren Buddha, den Tempel und seine Mönche mit dem, was sie eben zur Hand haben.«
Peter erstarrte. Er musste sich nicht umdrehen, um niemand

anderen als Katara-Girl hinter sich zu wissen. »Wie hast du –«

»Du hast nicht einmal die Türschwelle bemerkt, Peter Shaw«, unterbrach sie ihn. »Konzentrier dich! Genau dafür ist die Schwelle da – du sollst den Tempelraum mit einem bewussten Schritt betreten. Wie du überhaupt bewusst denken und handeln solltest. Du könntest hier viel lernen, wenn du nur deine Sinne öffnen würdest! Aber leider, leider ...« Mit einem Mal klang ihre Stimme gar nicht mehr so süß. »... bleibt dafür keine Zeit.«

»Wie hast du mich gefunden? Warst du die ganze Zeit –«

»Dummer Junge«, sagte sie. »Du hättest nicht wegrennen sollen. Ich bin hier zu Hause, kenne jeden Stein dieser uralten Stadt, auch wenn sie sich ständig verändert und wächst! Die Triaden atmen Shanghai ein und aus und formen jeden Winkel, bis in die verborgensten Schatten hinein. Wir hören das Wispern eines jeden Insektes in den Gassen und Häusern.«

»Wie hast du mich gefunden?«, wiederholte Peter.

»Als du betäubt warst, haben wir einen winzig kleinen Funksender an dir versteckt«, gab sie nun eine merklich weniger verbrämte Erklärung.

Nicht dass sie Peter besser gefiel als die erste Version. Vor allem ärgerte er sich darüber, nicht mal auf die Idee gekommen zu sein, dass sie ihn auf diese naheliegende Art überwachten.

»Und jetzt komm mit. Du kannst froh sein, dass ich dich nicht dahin bringe, wo ich dich gerne hätte. Großvater ist viel zu gutherzig!«

»Aber –«
»Ein einziges Wort, Peter Shaw, noch ein einziges Wort, und ich erzähle Großvater, dass du dich so sehr gewehrt hast, dass ich dich leider ein wenig … beschädigen musste, um dich zurückzubringen.«
Also fügte sich der Zweite Detektiv. Was blieb ihm anderes übrig?
Katara führte ihn nach draußen. Im Innenhof, vor dem Münztürmchen, warteten zwei seiner anderen Verfolger. Links neben ihnen parkte ein weißes Auto, das völlig fehl am Platz wirkte. Ein Mönch lief daran vorbei, ohne es zu beachten.
»Steig ein«, befahl Katara-Girl mit absoluter Selbstverständlichkeit.
Oh ja, dachte Peter, die Triaden waren überall und sie hatten offenbar die seltsamsten Befugnisse und Möglichkeiten. Sogar hier im Tempel. Wie passte das zu einer wie auch immer gearteten Glaubensgemeinschaft?
Kurz darauf rollten sie zwischen den Häuschen zu einem Hinterausgang der Tempelanlage, der von höheren Gebäuden mit prächtig verzierten Holzbalkonen gesäumt wurde. Der Fahrer fädelte sich unter ständigem Hupen in den fließenden Verkehr ein.
»Wohin bringt ihr mich?«, wandte sich Peter an Katara-Girl.
»Zurück ins Hotel. Dort wirst du warten, ich werde dich beobachten und ein zweites Mal werde ich keinen Spaß verstehen. Also mach keine Dummheiten, keinen Lärm und versuch vor allen Dingen nicht noch mal zu fliehen.«
»Was wird –«

»Kein Wort mehr, Peter Shaw, kein einziges Wort mehr!« Sie lächelte, wie immer, aber gleichzeitig sah sie gefährlich wütend aus.

Justus wurde von einem gleichmäßigen Brummen geweckt. Oder wollte es ihn vielmehr in den Schlaf ziehen?
Er öffnete die Augen. Das Licht war so hell, dass es schmerzte. Es ließ die Wolken unter ihm glänzen. Seine Augenlider wogen mindestens eine Tonne. Justus schloss sie wieder, wollte erneut einschlafen, als –
»Hey, da bist du ja, Just!«
»Oärh«, sagte Justus. Was so ziemlich das Unintelligenteste war, was er von sich gegeben hatte, seit er keine Windeln mehr trug. Seine Zunge fühlte sich an, als gehöre sie nicht recht zu ihm. »Wsnw?«, fragte er direkt im Anschluss. Als er keine Antwort erhielt und die Augen erneut aufquälte, blickte er in Bobs Gesicht, das aussah wie drei große Fragezeichen. Mindestens. »Wo-sinn-wir?«, wiederholte er mit äußerster Mühe und etwas deutlicher.
»Flugzeug«, erklärte Bob knapp. »Privatjet, um genauer zu sein. Ist alles ziemlich nobel, aber ehrlich gesagt nützt uns das nicht viel.«
Ja, jetzt machte das Brummen Sinn und auch der Blick auf die geschlossene Wolkendecke, die jenseits der runden Fenster unter ihnen dahinzog. Und mit einem Mal war Justus voll da. »Das heißt, wir sind auf dem Weg nach Shanghai?!«
»So sieht's aus«, meinte Bob. »Und du klingst nicht sonderlich entsetzt.«
»Ein bisschen schon«, sagte Justus. »Aber auch …«

»… begeistert?«
»… fasziniert«, schränkte Justus ein.
»Ganz toll«, brummelte Bob. »Die Triaden entführen uns nach China und Just ist fasziniert.«
»Auf einer rein logisch-analytischen Ebene«, versicherte Justus. »Immerhin schweben wir momentan nicht in Lebensgefahr und ich bin schon unbequemer gereist. Mal ehrlich, Entführungsopfer stecken meist in Kellerlöchern oder engen Kofferräumen von überhitzten Autos, aber wir sind hier in einem Luxusflugzeug!« Gleichzeitig warf der Erste Detektiv seinem Freund einen Blick zu, der so viel sagen sollte wie *Ich bin ja auch nicht begeistert, aber wir sollten möglichst cool rüberkommen und demonstrieren, dass wir uns nicht unterkriegen lassen.* Okay, dachte Justus, ziemlich viel Inhalt für einen einzigen Blick. Vielleicht kam wenigstens ein Teil davon bei Bob an.
Dann schaute er sich genauer um. Er saß Bob gegenüber, außerdem gab es auf der anderen Seite eines schmalen Mittelgangs zwei weitere, für ein Flugzeug ungewöhnlich breite und bequeme Sitzplätze. Den einen nahm Zuko ein, der andere war leer. Der chinesische Junge starrte mit verkniffenem Gesicht ins Leere, er wirkte blass und unscheinbar. Zwischen den Sitzen stand jeweils ein rundes Tischchen mit glänzender Marmoroberfläche.
Der Passagierraum endete vorne und hinten an einer holzgetäfelten Wand mit jeweils einer geschlossenen Tür. Neben der vorderen stand eine verspiegelte Hochglanz-Bar, in der etliche Spirituosen-Flaschen in Halterungen steckten.
Noch während Justus diese musterte, ging die Tür auf. Ein

auf den ersten Blick uralter Chinese trat in die Kabine – er sah aus wie ein lebendig gewordenes Klischee aus einem Film. Wo das lange weiße Haar in den wild wuchernden Vollbart überging, war nicht recht auszumachen. Das Gesicht bestand aus einer Million Falten, doch die Augen blickten klar und überaus wach. Er trug einen perfekt maßgeschneiderten schwarzen Anzug und hatte die Figur eines zwar in die Jahre gekommenen, aber immer noch topfitten Ninja-Kämpfers.

Justus konnte den Blick nicht von ihm abwenden, als er gemessenen Schrittes näher kam und sich mit größter Selbstverständlichkeit auf dem freien Platz niederließ. Mit seinem Auftreten und seiner bloßen Ausstrahlung hätte er wohl ohne Probleme auch in einem Raum mit tausend Personen die Aufmerksamkeit aller auf sich gezogen.

»Ich bin Xiang Than«, sagte der Mann, »Familienoberhaupt und Anführer meines Clans.« Seine Stimme raschelte wie Schmirgelpapier und sein Englisch war akzent- und fehlerfrei.

Zuko ächzte und sackte in sich zusammen. Mit einem Mal wirkte er noch blasser und unscheinbarer. »Das kann nicht sein.«

Der alte Mann wandte sich ihm zu. Er sagte kein Wort. Und lächelte mit einer Mimik, die wie in Stein gemeißelt war.

Zuko wand sich. »Ich … ich …«

»Wer sind Sie?«, fragte Justus ungerührt. »Was haben Sie mit Zuko zu tun? Oder mit seiner Mutter?« Zuerst hatte er fragen wollen, ob er zu Zukos Clan gehöre, aber der Name sprach natürlich dagegen – Zuko gehörte zur Familie der

Fan, nicht der Xiang. Sie hatten damit gerechnet, dass sie den Leuten von Zukos Mutter in die Hände gefallen waren, doch danach sah es nicht aus.

Wer war dieser Mann? Zukos Reaktion zufolge schien zumindest er ihn sehr wohl zu kennen. Oder genauer gesagt schien Zuko den Namen Xiang Than zu kennen, nicht die Person, denn erst als der alte Mann sich vorgestellt hatte, war Zuko in sich zusammengesackt.

»Nun, junger Zuko, erklär deinem Freund, was er zu wissen begehrt.«

Der Blick des Jungen klebte an seinem Gegenüber. »Xiang Than ist … eine Legende. Die … die funkelnde Schlange … Es gibt sie nicht wirklich!«

»So?«, fragte der Alte nur.

»Ich sehe Sie«, flüsterte Zuko, »aber …«

»Es gibt mich«, raschelte der Alte.

»Die funkelnde Schlange«, sagte Bob. »Was hat das zu bedeuten? Und wo bringen Sie uns hin? Was ist mit Peter?«

»So viele Fragen.« Xiang Than schien amüsiert. »Das Ungestüm der Jugend. Manchmal vermisse ich das. Ich bringe euch zu eurem Freund.«

»Zu Peter? Sie haben ihn in Ihrer Gewalt? Also arbeiten Sie mit Zukos Mutter Fan Quoc zusammen?«

Der Alte lachte.

»Bob«, zischte Zuko. »Du hast keine Ahnung, was du da sagst!«

»Natürlich nicht«, antwortete Justus anstelle seines Freundes. »Woher auch? Wir wissen nichts von einer funkelnden Schlange oder –«

Xiang Than hob die Hand und seltsamerweise bewirkte die Geste, dass der Erste Detektiv augenblicklich verstummte. »Die Mutter des jungen Zuko hat mit der Entführung eures Freundes ebenso wenig zu tun, wie sie von diesem Flugzeug weiß oder davon, dass ihr auf dem Weg nach Shanghai seid.«
»Das heißt, Peter ist nicht in der Gewalt meiner Mutter?«, fragte Zuko fassungslos.
»Selbstverständlich nicht.« Der Alte ließ die Hand langsam wieder sinken, legte sie auf sein Knie. »Du erpresst sie, und dein Druckmittel wirkt zumindest fürs Erste. Sie hält sich zurück. Aber ich nicht. Was du getan hast, hat die funkelnde Schlange auf den Plan gerufen.« Sein Blick wanderte zu Justus und Bob. »Mich.« Nach einer kurzen Pause fuhr er fort: »Zuko, junger Narr, dein Handeln könnte ein Inferno entfesseln.«

Der Bund der Schlangen

Peter schaute aus dem Fenster. Er war im 89. Stockwerk, wie er jetzt wusste. Das Zimmer war luxuriös … wahrscheinlich war es noch nie einem Entführten rein äußerlich so gut gegangen wie ihm. Die Stadt verlor sich mittlerweile in der Ferne in dem Dunst des Smogs, und der Zweite Detektiv sah, dass es unter ihm regnete – die Gebäudespitze ragte aus den tief hängenden Wolken heraus.

Er tigerte unruhig durch das Hotelzimmer.

Er ließ sich aufs Bett fallen.

Er ging ins Badezimmer und starrte in den Spiegel.

Er tat dies und er tat das, aber was wirklich zählte, konnte seine Beobachterin nicht sehen: Seine Gedanken arbeiteten auf Hochtouren und er überlegte fieberhaft, wie er sich aus dieser Situation befreien konnte. Ein Plan musste gut durchdacht sein, merklich besser als seine spontane Fluchtaktion. Das Dumme war nur, dass ihm keinerlei Ideen kamen, weil es schlicht keine Möglichkeit gab, sich ohne Hilfe aus den Fängen der Triaden zu befreien.

Ohne Hilfe …

Genau das war es. Er musste auf sich aufmerksam machen. Am besten irgendwie Justus und Bob informieren. Oder wussten sie inzwischen, was ihm passiert war? Unsinn, wie hätten sie es herausfinden sollen? Seine Entführer waren Profis, die sicher keine Spuren hinterlassen hatten. Aber da war ja auch noch der Junge. Zuko. Was mochte mit ihm geschehen sein?

Peter könnte gezielt nach Zuko fragen. Aber würde ihm das weiterhelfen? Was, wenn er den Jungen damit verriet?
Peters Gedanken fuhren Karussell, und was immer er sich überlegte, es änderte nichts daran, dass er in diesem Nobelhotelzimmer gefangen saß.
Erneut ging er ins Badezimmer, aber diesmal nicht, um sinnlos in den Spiegel zu starren, sondern um nach dem winzigen Sender zu suchen, mit dessen Hilfe Katara-Girl ihn gefunden hatte. Peter war klar, dass er beobachtet wurde – aber er hoffte, dass seine Bewacher ihm wenigstens im Bad seine Privatsphäre gönnten. Er tastete seine Kleidung ab, ohne fündig zu werden. Der Sender könnte natürlich auch an seinem Körper befestigt sein oder in den Haaren. Wer wusste schon, mit welcher Mikrotechnologie die Triaden arbeiteten? Sicher konnten sie sich ein Hightech-Gerät leisten, das wesentlich kleiner war als alles, was die drei ??? kannten.
Schließlich entdeckte er hinter seiner Ohrmuschel etwas – eine winzige Erhebung. Er kratzte daran, zog schließlich einen ebenso weichen wie winzigen Klebestreifen ab, den er vorher überhaupt nicht gespürt hatte. Daran haftete ein noch winzigerer Chip. Peter überlegte zuerst, in einem Akt von geradezu kindischem Ärger den Sender die Toilette hinunterzuspülen, entschied sich jedoch dagegen. Sollten sie doch denken, er wüsste nicht Bescheid! Er klebte den Chip wieder hinters Ohr – in dem Wissen, dass er bei einer möglichen neuerlichen Flucht den Sender loswerden und seine Verfolger an einen falschen Ort locken konnte.
Zum ersten Mal seit seinem Erwachen hatte er seinen Gegnern etwas voraus!

Zufrieden ging er ins Zimmer zurück.
Die Tür öffnete sich. Katara kam herein. »Du kannst den Sender ruhig abnehmen, Peter Shaw«, sagte sie. Mühsam schluckte der Zweite Detektiv seinen Frust hinunter. Er dachte noch über eine giftige Antwort nach, als die junge Chinesin fortfuhr: »Es sei denn, du willst ihn gerne behalten, damit wir dir beistehen können, wenn du dich verirrst und in Schwierigkeiten gerätst.«
Der Spott im letzten Satz war dann doch zu viel. »Macht es dir Spaß, mich im Bad zu beobachten? Besonders schick sehe ich aus, wenn ich auf der Toilette sitze und –«
»Keine Sorge«, unterbrach sie ihn. »Ich habe dir nicht beim Pinkeln oder sonst was zugeschaut und auch keiner meiner Leute tut das. Im Badezimmer bist du ganz für dich allein. Aber mal ehrlich – du wärst dumm, wenn du nicht nach dem Sender gesucht hättest. Und noch dümmer, wenn du ihn nicht gefunden hättest.«
»Hm«, machte Peter. Immerhin hatte er etwas herausgefunden – da drin war er tatsächlich für sich alleine. Früher oder später konnte das nützlich sein. »Und wie geht es jetzt weiter?«, fragte er.
Sie drehte sich wortlos um und verließ den Raum. Gleichzeitig brachte einer ihrer Männer ein Tablett mit Essen. Peter sah Teigtaschen, die zu groß waren, um Tortellini zu sein, ein Schälchen mit Reis sowie einen großen Becher samt Strohhalm, bei dem er zuerst dachte, dass es sich um eine Cola handelte. Allerdings schwammen Fischteile darin. Der Mann verschwand ebenso wortlos wie Katara-Girl.
Den Becher ignorierte Peter mit angewidertem Gesichtsaus-

druck und versuchte stattdessen, mit den beiden Holzstäbchen, die sich ebenfalls auf dem Tablett fanden, eine der Teigtaschen anzuheben. Beim vierten Versuch gelang es ihm. Er biss zaghaft hinein, und davon abgesehen, dass Fleischbrühe heraustropfte und ihm aufs Kinn lief, schmeckte sie erstaunlich gut.
Köstlich sogar.
Besser als nichts, dachte Peter und aß.

Nach seiner düsteren Andeutung – hatte da auch eine Drohung mitgeklungen? – war der alte Chinese gegangen und erst Stunden später zu den dreien zurückgekommen. Wahrscheinlich machte es ihm Spaß, sie ihren Grübeleien zu überlassen.
Immerhin hatten die Jungen ungestört reden können. Zuko hatte sich allerdings als nicht sonderlich gesprächig erwiesen. Vielleicht hatte er auch nicht reden *können*, weil er über das Auftauchen des Alten zu sehr erschüttert war.
Eines jedoch hatte er sich entlocken lassen. Demnach war Xiang Than das Familienoberhaupt eines geheimen Triadenclans. So geheim, dass Zuko, und wie er wohl die meisten Triadenmitglieder, gar nicht an seine tatsächliche Existenz geglaubt hatte.
Der Clan der Xiang nahm eine besondere Stellung innerhalb der Verbrechergesellschaft der Triaden ein. Es handelte sich dabei um eine Art ehrenhafte Geheimgesellschaft, die das Gleichgewicht der Mächte aufrecht erhielt. Eine Familie, die dafür sorgte, dass die Triaden niemals ihre Ehre völlig vergaßen. Sie wirkten im Untergrund und lenkten die Geschicke

der Mächtigen – verborgen wie Schlangen im Schatten. Und genauso nannten sie sich auch: der Bund der Schlangen.
Ihr geheimnisumwitterter, legendärer Anführer wiederum trug den Beinamen die funkelnde Schlange. Jener Mann, den sie vorhin kennengelernt hatten – Xiang Than.
»Er ist selbst nicht mehr als ein Schatten«, flüsterte Zuko, nachdem er minutenlang geschwiegen hatte. »Ein Name, der in Liedern besungen wird und mit dem die Väter ihren Söhnen drohen, wenn sie nicht gehorchen.« Er hob den Blick. Seine Mundwinkel zuckten. »Seit Jahrhunderten übrigens.«
»Was meinst du damit?«, fragte Bob.
»Dass es seit vielen Generationen einen Mann gibt, der das Amt der funkelnden Schlange ausführt«, sagte Justus.
»Falsch«, sagte Zuko. »Dass die Clans der Triaden seit Jahrhunderten von *Xiang Than* reden! Seit die Triaden gegründet wurden, ob als Splittergruppe der Ninja-Kämpfer der Frühzeit oder als Überlebende eines Mönchsordens, seitdem gibt es Xiang Than!«
»Eine Legende«, sagte Justus, aber er fühlte sich nicht ganz so überzeugt, wie er zu sein vorgab.
In dem Moment öffnete sich die Tür und Xiang Than kam zurück. Noch ehe er Platz nehmen konnte, sackte das Flugzeug in einem Luftloch ab, sodass sich die Mägen der Passagiere hoben. Der alte Mann glich die Schwankung mit einer eleganten Bewegung aus und kam nicht einmal ins Stolpern. Er setzte sich. »Es gibt Legenden«, sagte er, »die mehr Wahrheit in sich tragen als alles, was in euren westlichen Schulen und Universitäten gelehrt wird.« Er griff in seinen Bart, als

wolle er etwas herausziehen, das darin verborgen war. »Ist euch das nicht bewusst, Kinder eines fernen Kontinents? Nach allem, was ich über euch in Erfahrung gebracht habe, habt ihr bereits vieles erlebt. Erstaunlich in so jungen Jahren.«

»Wir wissen«, sagte Justus, »dass das Leben und die Welt ganz Erstaunliches zu bieten haben. Aber das ewige Leben gehört nicht dazu.«

Xiang Than lächelte nur. Kein sonderlich ungewohnter Anblick. »Du machst deinem Ruf alle Ehre, Justus Jonas.«

»Was wissen Sie über uns?«

»Das, was es über die drei ??? zu wissen gibt. Ich habe mich informiert. Und nun zu dir, Zuko! Was du getan hast, als du dich von deinem Clan abgewendet hast, mag gut gemeint gewesen sein. Aber es war auch dumm und gefährlich! Erst recht, diese amerikanischen Jungen in unsere Belange hineinzuziehen! Der Bund der Schlangen versucht seit Jahrhunderten, die Ordnung zu wahren und zu verhindern, dass die Clans der Triaden sich offen bekriegen und Blut und Verderben über die Städte bringen.«

»Das tun sie bereits, Sir«, sagte Bob. »Die Verbrechen der Triaden sind –«

»Sie sind ein Nichts im Verhältnis dazu, was sie sein könnten, wenn der Clan der Xiang nicht über die Mächtigen wachen und ihre Schritte lenken würde! Du weißt nicht, was ein Krieg der Clans untereinander bedeuten könnte. Shanghai, Hongkong … Stell dir die Millionenstädte vor, wie sie untergehen!«

Justus knetete seine Unterlippe. »Bei allem Respekt, Sir, oder sollte ich sagen, bei allem Respekt, funkelnde Schlange,

ich glaube kaum, dass Zukos Tat ein solches Ergebnis zeitigen könnte.«
»Ich bekomme alles mit, was die Triaden angeht«, sagte der Alte. »Deshalb habe ich gehandelt, ehe Zukos Mutter Fan Quoc das tun konnte. Meine Leute haben Peter entführt und er befindet sich seitdem unter der Aufsicht meiner Enkelin Katara.«
»Also nicht bei meiner Mutter!«, sagte Zuko erleichtert.
»Vielleicht wäre er das, wenn mein Schlangenbund nicht eingegriffen hätte!«
»Und jetzt?«, fragte Bob.
»Ihr werdet die Situation bereinigen«, sagte Xiang Than bestimmt. »Was nicht einfach wird. Das Chaos gärt unter der Oberfläche Shanghais und zurzeit brodelt es noch ein bisschen stärker als sonst. Nun, macht eurem Namen Ehre.« Er legte etwas auf das Tischchen.
Ein Stück festes Papier. Nein – eine Visitenkarte.

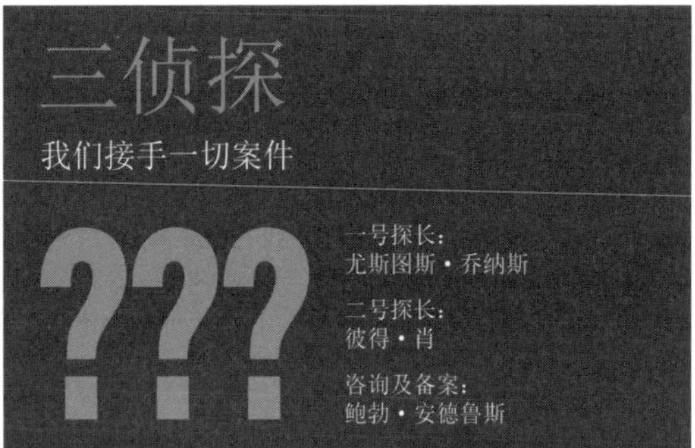

Unsere Visitenkarte, begriff Justus plötzlich – aber auf Chinesisch!

»Sagte ich nicht, dass ich mich informiert habe?«, fragte Xiang Than und tippte auf den Eintrag, der wohl Peters Position als Zweiter Detektiv beschrieb. »Euer Freund, dieser Narr, ist vor meiner Enkelin geflohen.«

Justus und Bob lächelten gleichzeitig.

»Hut ab vor dem Mut des Jungen«, sagte die funkelnde Schlange. »Aber er war zugleich dumm, denn er hatte keine Chance zu entkommen. Nicht in unserer Heimatstadt. Meine Enkelin hat ihn wieder in ihrem Gewahrsam. Dort wird er bleiben, bis wir bei ihm ankommen. Hoffen wir, dass Fan Quoc solange stillhält.«

»Meiner Mutter sind die Hände gebunden«, gab sich Zuko überzeugt. »Ich habe die Beweise gegen sie und sie funktionieren als Druckmittel offenbar doch.«

Eine chinesische Stimme quäkte aus dem Lautsprecher und haspelte eine hektische Abfolge von Sätzen. Natürlich verstanden Justus und Bob kein Wort.

»Wir setzen zur Landung an«, sagte Zuko.

»Und dann?«, fragte Bob. »Wie wollen Sie uns durch die Passkontrolle schleppen?«

Xiang Than lachte. »Hast du immer noch nicht begriffen, wer ich bin? Ich führe den Bund der Schlangen an. Mir ist alles möglich.« Er erhob sich und verließ die Kabine. Ehe er die Tür hinter sich schloss, drehte er sich noch einmal um. »Alles.«

Der Privatjet ging in einen steilen Sinkflug, und als er die Wolkendecke durchbrach, lag unter ihnen ein unendliches Meer aus Wolkenkratzern und glitzernden Gebäuden. Shanghai.

Böse Geister im Zickzack

»Euch ist klar, dass ihr nicht entkommen könnt?«, fragte ein Mann, dessen pechschwarze Haare ihm zu einem Pferdeschwanz gebunden in den Nacken fielen. »Ihr würdet nicht einmal an mir vorbeikommen. Und sollte euch das doch irgendwie gelingen, gibt es eine Menge Leute, die ihr nicht seht, die aber euch ununterbrochen beobachten.«
»Wir wollen zu Peter«, sagte Justus. »Flucht ist momentan keine akzeptable Alternative, über die es sich zu reflektieren lohnt.«
Der Mann schaute ihn an, als müsse er über die komplizierte Ausdrucksweise nachdenken.
Der Privatjet war vor wenigen Augenblicken gelandet. Sie verließen das Flugzeug über eine kleine Leiter. Das Rollfeld, an dessen Rand der Jet parkte, lag abseits des Hauptbetriebs. Die großen Flugzeuge standen einige hundert Meter weit weg vor riesigen Gebäuden. Das Donnern startender und landender Maschinen spielte sich ebenfalls in einiger Entfernung ab.
Eine schwarze Limousine rollte heran – so lang, dass darin mindestens eine Sitzreihe mehr sein musste als bei Autos sonst üblich.
Xiang Than stieg als Erster ein und nahm auf dem Beifahrersitz Platz, ohne der Umgebung mehr als einen beiläufigen Blick zu schenken. Als Justus, Bob und Zuko den Wagen erreichten, öffnete sich eine der hinteren Türen und klappte mit pneumatischem Zischen in die Höhe. Die drei Jungen

folgten der unausgesprochenen Einladung – was blieb ihnen auch anderes übrig?
Eine junge Frau saß bei ihnen auf den Rückbänken. Der Fahrerbereich war mit einer milchigen Glasscheibe abgetrennt. »Ich bin Katara«, sagte sie. Mehr nicht.
Die Tür schloss sich automatisch wieder und der Wagen rollte los, wobei die Fahrgäste von der Welt draußen nichts mitbekamen, weil die Scheiben völlig abgedunkelt waren. Eine kleine Lampe am Autodach erhellte den Innenraum.
»Wie läuft das jetzt?«, fragte Bob dreist.
Katara schwieg.
»Gehören Sie zum Bund der Schlangen?«
Katara schwieg.
»Bringen Sie uns zu unserem Freund Peter?«
Katara schwieg.
»Was wollen –«
»Schluss jetzt!«, unterbrach sie. »Wenn mir nach Reden zumute ist, werde ich es euch wissen lassen. Alles in allem seid ihr also genauso penetrant wie Peter Shaw.«
Justus atmete geräuschvoll ein. »Sie kennen ihn? Sind Sie die Enkelin der funkelnden Schlange? Xiang Than hat –«
»Was versteht ihr nicht an *Ich werde es euch wissen lassen, wenn mir nach Reden zumute ist*?«
Also schwiegen sie jetzt alle.
Erst nach einer gefühlten Ewigkeit wagte Justus etwas zu fragen, das ihm trotz der Behauptungen des alten Chinesen einfach keine Ruhe ließ: »Wie wollen Sie uns ohne Kontrolle aus dem Flughafengelände rausbringen?«
»Wir sind längst draußen«, sagte Katara.

Das hatte der Erste Detektiv bereits vermutet, doch nun, da sie immerhin schon einmal eine Antwort gegeben hatte, hoffte er, ihr auch noch mehr zu entlocken. »Ich gehe davon aus, dass Sie Xiang Thans Enkelin sind. Wie alt ist er?«
»Die funkelnde Schlange wirkt seit Jahrhunderten im Verborgenen und lenkt die Geschicke der Triaden.«
Justus übte sich in der chinesischen Mimik: Er lächelte. »Das ist mir klar, aber wie alt ist *Xiang Than*?«
»Was geht es dich an?«
»Oh, sehr viel. Ich bin nicht gerade freiwillig hier, sondern weil ich gemeinsam mit meinen Freunden und Zuko etwas in Ordnung bringen soll. Dabei ist jede Information wichtig, denn ein guter Detektiv kann nur effektive Schlussfolgerungen ziehen, wenn er sämtliche einem Fall zugrunde liegenden Fakten kennt und diese miteinander in eine korrekte Beziehung zu bringen vermag.«
Katara lachte. »Weißt du, was die Triaden sind?«
»Sie nennen sich selbst auch die Drei-Harmonien-Gesellschaft«, dozierte Justus, der während des Flugs genügend Zeit gehabt hatte, in seinem Gedächtnis zu kramen und sich in Erinnerung zu rufen, was er über dieses Thema gelesen hatte. »Ihr Symbol ist das Dreieck, das Himmel, Erde und Menschheit darstellt. Als Zeichen nutzen sie außerdem den Drachen, der Weisheit und Kraft verkörpert. Angehörige der Triaden bezeichnen sich auch selbst als Drachen.«
»Und mein Großvater ist die Schlange, die sich zwischen den Drachen windet«, sagte Katara. »Die Licht hineinbringt in das Dunkel, die das Verborgene offenbart. Also erzähle mir nichts über *Detektivarbeit*.« Das letzte Wort spuckte sie aus

wie etwas Widerwärtiges, das sich in ihren Mund verirrt hatte. »Xiang Than ist der wahre Sohn der Triaden, der wahre *Drachensohn*!«

»Reist man vom Flughafen Shanghai nicht üblicherweise mit dem schnellsten Zug der Welt in die Stadt?«, bohrte Justus weiter.

»Du kennst dich aus«, sagte Katara. »Das soll mich wohl beeindrucken.«

»Es soll lediglich der Wahrheit die Ehre tun«, sagte Justus. »Ich lese viel, was sich schon in zahlreichen Situationen als nützlich erwiesen hat. Ich habe gehört, dass dieser Zug –«

»Und ich habe viel Kampftraining«, unterbrach ihn die junge Chinesin. »Deshalb rate ich dir, jetzt den Mund zu halten, wenn du verstehst, was ich meine.«

Justus verstand.

Und hielt den Mund.

Peter fragte sich, wie lange er noch in diesem Zimmer festsitzen würde, ohne dass sich irgendetwas tat. Er hatte es satt! Er rief Kataras Namen in den leeren Raum hinein – schließlich wurde er außerhalb des Badezimmers wohl beobachtet. Niemand reagierte. Er überlegte, das Hotelzimmer nach Wanzen und versteckten Minikameras abzusuchen, aber was sollte das bringen?

Also streckte er sich auf dem Bett aus und versuchte zu schlafen. Ihm fehlte jedoch die nötige innere Ruhe. Darum starrte er die Decke an.

Endlich öffnete sich die Tür.

Er wusste genau, was er Katara-Girl diesmal fragen wollte.

Aber nicht Katara betrat den Raum, es waren Justus und Bob, gefolgt von Zuko und einem uralten Chinesen, den er nie zuvor gesehen hatte.
»Just! Bob! Wie … wie kommt ihr …«
In diesem Moment trat auch Katara-Girl ein und Peter verstand. »Ihr seid auch entführt worden.« Seine Freude über das Wiedersehen erlitt einen massiven Dämpfer.
»Könnte man so sagen, Kollege«, meinte der Erste Detektiv lächelnd. »Aber die Sache ist nicht ganz so, wie sie aussieht.«
»Na, da bin ich aber gespannt«, sagte Peter und starrte die Chinesin an. »Katara-Girl hier ist nicht gerade auskunftsfreudig. Sie hat sich nicht einmal dazu herablassen können, mir überhaupt zu erklären, worum es eigentlich geht!«
Bob grinste. »Ja, wir haben sie auch schon schweigen gehört.«
»Wobei man Schweigen ja eigentlich nicht hören kann und –«
»Schon klar, Justus«, unterbrach der dritte Detektiv genervt.
»Kommen wir zur Sache«, verlangte der Alte. »Es gibt viel zu besprechen.«
In den nächsten Minuten erfuhr endlich auch Peter, wer Katara war und was es mit der funkelnden Schlange und ihrem Geheimbund auf sich hatte.
»Zuko hat aus ehrenhaften Motiven gehandelt«, sagte Xiang Than schließlich, der auf dem Schreibtischstuhl saß, die Fensterfront im Rücken. »Aber sein jugendlicher Leichtsinn hat ihn zu einer Dummheit getrieben.«
»Wir müssen Zukos Mutter klarmachen, dass weder Peter noch wir etwas mit der ganzen Sache zu tun haben«, sagte

Bob. »Ich habe das doch richtig verstanden, dass diese Fan Quoc davon weiß, was ihr Sohn behauptet?«
»Selbstverständlich!«, sagte Zuko. »Ich habe sie kontaktiert. Allerdings wohl doch nicht so ›abhörsicher‹, wie ich dachte. Und die funkelnde Schlange hat eingegriffen, ehe meine Mutter das konnte.«
»Wir wissen, dass sie auf der Suche nach den entwendeten Beweisen ist«, erklärte Xiang Than, »mit denen Zuko gedroht hat sich an ihren Vater zu wenden. Das heißt, sie sucht dich, Peter … denn laut Zukos Angaben ihr gegenüber gibt es nur über dich eine Spur zu den Beweisen, die er gestohlen hat.«
Endlich brach auch Katara ihr Schweigen. Sie stand neben ihrem Großvater, bewegungslos wie eine Statue. »Und diese gestohlenen Beweise sind das eigentliche Problem! Was mit euch Kinderchen passiert, ist mir egal!« Sie deutete abschätzig auf die drei ???.
»Erstens sind wir keine Kinderchen«, sagte Justus, »und zweitens sei es mir erlaubt zu betonen, dass *uns* das keineswegs egal ist. Nichtsdestotrotz werden wir behilflich sein, das Chaos zu beseitigen, das Zuko angerichtet hat.«
Die funkelnde Schlange erhob sich. »Die Konflikte im Fan-Clan müssen beendet werden! Die Tochter intrigiert gegen den Vater, der Enkel will die Familie verlassen … Das alles droht aus dem Ruder zu laufen und die anderen Triadenclans werden sich positionieren müssen, wenn es zu einem offenen Kampf kommt! Die verschiedenen Familien beäugen sich immer misstrauischer. Das Gleichgewicht droht zu kippen, und das wäre nicht das erste Mal. Die funkelnde

Schlange wird es wiederherstellen, ehe die Drachen ihr Feuer verspeien und die Stadt niederbrennen!«

»Ich muss mit meinen Kollegen sprechen«, sagte Justus. »Allein.«

In einem Comic hätten Katara-Girls Augen nun Feuerblitze verschossen und den unverschämten Jungen durchbohrt. So kam sie nur einen Schritt näher und giftete: »Ist dir klar, mit wem du redest?«

»Lass sie ihr Gespräch führen«, sagte Xiang Than.

»Aber –«

»Lass sie«, wiederholte der Alte und Peter kam nicht umhin, Schadenfreude darüber zu empfinden, wie Katara von ihrem Großvater abgekanzelt wurde.

»Wo können wir sprechen?«, fragte Justus.

»Badezimmer«, sagte Peter und schaute die Chinesin an. »Richtig?«

»Richtig.« Ihre Mimik war wie versteinert. Kein Lächeln.

Im Bad schloss Peter die Tür hinter sich und seinen Freunden. »Das Ganze ist so was von verrückt! Wir sollen Streitigkeiten zwischen Verbrecherfamilien schlichten? Wieso das denn?!«

»Weil du einem Jungen in Not geholfen hast, Zweiter«, sagte Bob.

»Hätte ich es nicht tun sollen?«

»Wer sagt das denn? Erstens konntest du nicht wissen, was dahintersteckt, und zweitens hast du genau das Richtige getan!«

»Und jetzt?«

Justus setzte sich auf den Rand der Marmorbadewanne.

»Jetzt gehen wir eine Partnerschaft mit dem Bund der Schlangen ein!«
»Mit einem Verbrecherclan?«, fragte Peter. »Dieser Xiang Than kann noch so ehrenhaft tun, er gehört selbst auch zu den Triaden und –«
»Er ist das kleinere Übel«, unterbrach Justus. »Ich glaube wirklich, dass er anders ist als der Rest. Vor allem nicht so schlimm wie Zukos Mutter Fan Quoc! Wenn wir das nicht in Ordnung bringen, hat es schlimme Folgen für Shanghai. Und für Zuko!«
»Lass das diese Schlangen oder Drachen oder was weiß ich doch allein erledigen!«, begehrte Peter auf.
Justus grinste. »Ach, wo wir schon mal hier sind.«
»Dir gefällt das«, stellte Peter fest.
»Natürlich nicht! Kein Stück!«
»Aber?«
»Nichts aber!«
»Uns bleibt sowieso nichts anderes übrig«, meinte Bob.
»Richtig«, sagte Justus. »Also auf ins Abenteuer!«
Sie gingen zurück ins Zimmer, wo sich Xiang Than und seine Enkelin auf Chinesisch unterhielten. Zuko saß betrübt etwas abseits auf der Bettkante.
Der alte Mann schaute die drei ??? an. »Ihr seid bereit, mir beizustehen, den Triadenkrieg zu verhindern«, sagte er. Es war keine Frage.
»Das sind wir«, sagte Justus. »Und dazu müssen wir zuerst Peters Unschuld beweisen. Fan Quoc muss einsehen, dass er nichts mit dem Geschehen hier zu tun hat. Die Frage ist also – wie kommen wir an Zukos Mutter heran?«

»Wir wecken ihre Aufmerksamkeit«, sagte Zuko, »indem wir bei ihrem Hauptgeschäft ansetzen.«

»Und das wäre?«, fragte Bob.

»Drogenhandel.«

»Na prima.« Peter schaffte es, diese Worte zu seufzen.

Justus winkte ab. »Zuerst brauchen wir die Beweise, die du gegen deine Mutter gesammelt hast. Wo hast du sie versteckt? Und worum handelt es sich überhaupt?«

»Um einen Speicherstick mit kopierten Dateien. Ausschnitte aus ihren E-Mails. Ein Foto, das ich heimlich am Tatort eines Drogendeals gemacht habe – an einem Ort, an dem meine Familie nichts zu suchen hat. Solche Dinge.« Zuko schloss die Augen. »Ich bringe euch zu dem Versteck.«

»Wir gehen zu viert«, sagte Bob.

»Keinesfalls«, widersprach Xiang Than. »Meine Enkelin wird euch begleiten.«

»Wir brauchen niemanden, der uns bewacht«, sagte Peter.

»Katara wird euch nicht bewachen – wir haben ein Zweckbündnis geschlossen. Aber ihr werdet ihre Hilfe dringend benötigen!«

»Zuko kennt sich ausreichend gut aus«, meinte der Zweite Detektiv. »Er kann uns führen.«

»Katara wird euch beschützen.« Die funkelnde Schlange legte seiner Enkelin die Hand auf den Arm. »Und damit ist die Diskussion beendet.«

»Wohin müssen wir?«, fragte Katara.

Zuko schaute versonnen nach draußen. »Dorthin, wo uns die bösen Geister nicht folgen können.«

»Wie meinst du das?«, fragte Justus.

»Dem alten chinesischen Glauben nach können böse Geister nur geradeaus gehen.«
»Äh … und?« Justus hasste es, wenn er Gedanken nicht nachvollziehen konnte und nicht verstand, worauf seine Gesprächspartner abzielten.
»Einer der größten Parks in Shanghai ist der Yu-Garten. Um hineinzukommen, führt eine Zickzackbrücke über einen See. Sie ist deshalb so gebaut, damit …«
»… die bösen Geister sie nicht überqueren können«, fiel Justus ihm ins Wort. »Schlau. Und dort hast du die Beweise versteckt?«
»Nicht auf der Brücke – da wimmelt es von Menschen. Aber im Yu-Garten dahinter. An einer Stelle, die außer mir niemand kennt.«
Ehe sie aufbrachen, überreichte ihnen Xiang Than Handys – jedem von ihnen eins. Es handelte sich um speziell gesicherte Geräte, die niemand abhören konnte. Außerdem ließen sich damit ausschließlich untereinander Verbindungen aufbauen, das heißt, nur die anderen vier Geräte anrufen. So konnten sie sich gegenseitig erreichen, falls sie getrennt wurden, aber niemand sonst konnte sich in die Verbindung einwählen. Katara gab Zuko außerdem sein eigenes Handy zurück, das man ihm abgenommen hatte, als er betäubt gewesen war. Sie seien ja schließlich Verbündete und er sei kein Gefangener, wie sie betonte.
»Und für uns gilt das nicht?«, fragte Bob.
»Doch«, stellte Katara klar, »aber Zuko vertraue ich mehr als euch.«
Während sie im Aufzug nach unten rauschten, sagte Peter:

»Böse Geister können diesem alten chinesischen Glauben nach also den Yu-Garten nicht erreichen. Prima. Hoffen wir, dass das auch für böse Menschen gilt, die auf der Jagd nach uns sind …«

Labyrinth der Vergangenheit

»Kein Wunder«, meinte Peter, »dass die Brücke böse Geister aufhält. Hier kommt ja schlicht *niemand* vorbei!«
Die Zickzackbrücke mochte malerisch sein, wie sie mit ihrem hellroten Steingeländer über den See führte, an einem traditionellen, chinesischen Teehaus mit Türmchen und geschwungenen Dächern vorbei ... aber sie war auch hoffnungslos überfüllt. Viel zu viele Menschen wälzten sich darüber und ständig geriet der Strom noch mehr ins Stocken, weil Touristen immer wieder stehen blieben, um zu fotografieren. Ebenso große wie fette rote Fische schwammen träge unter der Brücke hindurch.
Nach einer gefühlten Ewigkeit erreichten sie das andere Ende. Zuko kaufte an einem kleinen Häuschen, vor dem auf einer Wäscheleine spaghettiartige Nudeln zum Trocknen hingen, Eintrittskarten für den Yu-Garten. Dahinter verlief sich die Menge. In der Anlage selbst war es sogar beinahe einsam, was unter anderem auch daran lag, dass die Wege sehr verwinkelt und mit vielen Mauern geradezu labyrinthisch angelegt waren, sodass man nie weit voraus sehen konnte.
Dafür gab es Brücken und Türmchen und Pavillons, künstliche Felsformationen, verknorrte Bäumchen und plätschernde Bachläufe im Überfluss. Es war wie in einer märchenhaften Oase – erst recht, wenn man über die Bäume hinwegschaute und die dahinter aufragenden modernen Wolkenkratzer sah. Zuko erklärte, dass diese Art der Garten-

gestaltung traditionell chinesisch war – insofern bildete die Parkanlage eine Art Tor in die Vergangenheit des Landes.
»Ich habe mich schon gefragt«, meinte Peter, »wie du in einem öffentlichen Park etwas so gut verstecken willst, dass es niemand findet. Jetzt weiß ich es.«
Zuko grinste. »Warte nur mal ab.«
Der Weg führte jetzt durch eins der kleinen, verspielten Gebäude. Auf der Rückseite führte eine Treppe hinaus, gesäumt von einer Mauer, auf der sich eine riesige, steinerne Schlange wand – nein, ein Drache, das Maul weit aufgerissen, mit einer armdicken Zunge. Die fein aus dem Gestein herausgearbeiteten Augen blickten träge.
Zuko schaute sich um. Es war niemand zu sehen. »Kommt mit, wenn ihr wollt!« Er schwang sich auf den Rücken des Drachen, um sich von dort zur anderen Seite fallen zu lassen. Er verschwand komplett hinter dem Tier und der Mauer. Sein »Bin gleich zurück« war kaum noch zu hören.
»Ich warte hier«, sagte Katara kühl, während Peter schon auf dem Rücken der Drachenschlange saß und gerade noch sah, wie Bob ihm folgte, bevor er sich ebenfalls fallen ließ. Justus zog es vor, es der jungen Chinesin gleichzutun, und übte sich im Stehenbleiben.
Peter und Bob landeten in einem schmalen Durchgang – in ihrem Rücken die Mauer mit dem Drachen, vor ihnen eine Reihe dicht gepflanzter Bäumchen, hinter denen es steil nach unten ging. Der Abhang wurde von etlichen Felsbrocken befestigt, auf denen sich kleine Echsen sonnten.
Sie folgten Zuko immer zwischen Mauer und Bäumen entlang und drückten sich schließlich durch eine Art Farnge-

wächs. Peter fühlte ein Kitzeln auf dem Handrücken. Eine rote Spinne saß darauf, so groß wie sein Daumennagel. Der Anblick jagte einen Adrenalinstoß durch seinen ganzen Körper – war das Tier giftig? Wer wusste das schon hier mitten in China?! Er schüttelte die Spinne ab. Kein Schmerz. Das hieß wohl, dass sie ihn nicht gebissen hatte. Erleichtert ging er mit Bob wenige Schritte zu einem kleinen Berg aus handgroßen Steinen, zwischen denen aus einem breiten Rohr Wasser heraus- und in die Tiefe sprudelte.

Zwei, drei Meter unter ihnen liefen Menschen und fotografierten. Um die Jungen, die dort oben auf offenbar verbotenen Wegen kraxelten, kümmerten sie sich nicht.

Am gegenüberliegenden Ende des Felsenbergs, etwa zehn Meter von ihrem Ausgangspunkt hinter der Mauer entfernt, schob Zuko bereits einige Steine beiseite und holte ein Plastikkistchen hervor. »Der Vorteil bei diesem Versteck ist, dass es so unscheinbar und aus Sicht der Triaden absolut unwahrscheinlich ist. Ich wäre mir bei keinem Bankschließfach so sicher wie …«

Weiter kam er nicht. »Still!«, verlangte Bob. »Da ist etwas. Hört ihr das auch, es …« Mehr musste er nicht sagen, denn mit einem Mal war es nicht mehr zu überhören: ein gedrungener Schrei – oder eher ein scharfes Ausatmen, gefolgt von einem dumpfen Krachen.

»Das war Katara-Girl!«, sagte Peter.

Weiterer Kampflärm folgte, dann sahen sie über den Farn hinweg, wie sich Justus über die Mauer und den Schwanz der Drachenfigur wuchtete – oder es zumindest versuchte. »Haut ab, wir …« Sein Ausruf ging in ein Ächzen über, dann wurde er offenbar zurückgezerrt und verschwand außer Sicht.

Wieder war Katara zu hören, diesmal mit einem eindeutigen Kampfschrei.

Kein Zweifel – die beiden wurden angegriffen.

»Wir müssen ihnen helfen!«, sagte Peter und wollte loseilen.

»Zuko nicht!«, rief Bob. »Er muss das Kästchen in Sicherheit bringen.«

»Stimmt. Sie wollen nur die Beweise«, sagte Peter. »Ich gehe, bleib du bei Zuko und hilf ihm!«

»Treffen draußen, hinter dem Südausgang«, raunte Zuko.

Dann rannte Peter los – soweit das in dieser Umgebung möglich war. Er musste Justus helfen … und Katara auch. Verrückt!

Als er sich die Mauer hochzog, rutschte ihm das Herz in die Hose. Zum ersten Mal fiel ihm auf, in welche Gefahr er sich begab. Aber jetzt war nicht die Zeit, um seinen Ängsten nachzugeben. Er hechtete über die Mauer …

… und traute seinen Augen nicht.

Drei Gestalten griffen Justus und Katara an – genauer gesagt, hauptsächlich Katara. Denn die junge Frau setzte sich äußerst geschickt zur Wehr und kämpfte gegen alle drei gleichzeitig!

Es war wie in einem Actionfilm, nur dass Peter die Szene dort wohl total übertrieben gefunden hätte. Katara wirbelte um die eigene Achse, um einem Angriff auszuweichen. Der ebenso brutale wie plumpe Faustschlag des Mannes ging ins Leere. Im Gegenzug erwischte Katara ihn mit einem Tritt in die Kniekehlen. Er stürzte zu Boden.

Blieben zwei.
Der eine stürmte auf Kataras ungeschützten Rücken zu. Ein Schwinger, der aussah, als könnte er einen Baum fällen, hätte sie voll erwischt, wenn sie sich nicht blitzschnell zu Boden geworfen hätte – mit einer Selbstverständlichkeit, als säße in ihrem Hinterkopf ein zweites Augenpaar, mit dem sie alles beobachtete. Im Liegen packte sie eines der Beine des Mannes und riss es vor. Er krachte auf den Rücken und gab ein dumpfes Ächzen von sich.
Der dritte Angreifer war eine Frau und sie hätte Katara tatsächlich erwischt, wenn Justus nicht dazwischengegangen wäre. Der Erste Detektiv warf sich mit seinem ganzen Gewicht auf die Chinesin. Sie taumelten zur Seite. Doch die Angreiferin fing sich sofort, packte Justus am Arm und bog ihn auf den Rücken.
Gleichzeitig beobachtete Peter aus den Augenwinkeln, wie sich der erste Angreifer schon wieder erhob.
Das sah übel aus!
Peter musste eingreifen!
Doch ehe er zur Tat schreiten konnte, schlug Katara wieder zu. Die Chinesin, die Justus festhielt, ließ den Ersten Detektiv los und fauchte ihren Partnern etwas auf Chinesisch zu.
Im selben Moment zischte Katara den Jungen zu: »Verschwindet mit Zuko! Ich regle das hier!«
»Du kannst sie nicht …«
… allein besiegen, hatte Peter sagen wollen, doch er schwieg mitten im Satz, als Katara das Gegenteil demonstrierte. Sie brachte die Frau mit einem Karatehieb zu Fall. Den zweiten Angreifer, gerade wieder auf den Füßen, ereilte eine Sekunde

später das gleiche Schicksal. Der dritte sprang auf und rannte weg – Peter sah noch, wie er ein Touristenpärchen anrempelte.

Die Frau stürzte. Der Mann half ihr auf und fluchte *dem unverschämten Mistkerl*, wie er es ausdrückte, auf Englisch etwas hinterher.

»Wo ist Zuko? Wir müssen zu ihm, sofort«, zischte Katara und warf Peter einen fragenden Blick zu.

Der Zweite Detektiv beschloss, dass es besser war, außer Hörweite der Gegner zu gelangen, ehe er etwas sagte – auch wenn diese reglos dalagen und offenbar ohnmächtig waren. Zügig ging er los, die Mauer mit der steinernen Drachenschlange entlang, in die Richtung, in der er Zuko und Bob vermutete.

Justus und Katara blieben dicht bei ihm, und so wagte er bald weiterzugeben, was Zuko ihm noch rasch mitgeteilt hatte: »Er will uns am Südausgang treffen. Bob ist bei ihm.«

»Okay«, sagte Katara. Sie warf einen Blick über die Schulter zurück.

»Ein Mann beobachtet uns«, sagte Justus. »Voraus. Er hat längeres schwarzes Haar, sieht massig aus und …«

»Gar nicht gut«, unterbrach Katara.

»Du hast ihn auch bemerkt?«

»Oh ja – und dass ausgerechnet er hier auftaucht, ist übel.«

»Du kennst ihn?«, fragte Peter.

Sie gab keine Antwort, sondern sagte: »Wir müssen ihm ausweichen.«

Zu spät. Der Fremde, wer immer es sein mochte, rannte auf sie zu und ging unmittelbar zum Angriff über.

Auf ihrer Flucht kletterten Zuko und Bob den Berg aus aufgeschichteten Felsen hinunter. Durch ein Loch, das wohl der Belüftung diente, sprangen sie in einen unterirdischen Gang hinab, der in engen Kurven und mit vielen Abzweigungen durch eine Art Höhlenlabyrinth führte. »Seltsam, dass es hier so leer ist«, sagte Zuko. »Chinesen lieben unterirdische Wege in ihren Parks. Findest du hier überall.«
»Ah«, machte der dritte Detektiv, dem diese Information momentan herzlich gleichgültig war. Ihm gingen vielmehr die Verbrecher durch den Kopf, die sie möglicherweise verfolgten. Und sollten sie das Glück haben, bislang unentdeckt geblieben zu sein, steckten auf jeden Fall Justus, Peter und Katara gerade in Schwierigkeiten. Es sah nicht besonders gut aus für ihre Mission …
Im Labyrinth tropfte es von der Decke und am Boden gab es so manche Pfütze. Bob rutschte auf einer glitschigen Lache aus und wäre fast gestürzt. Er fing sich gerade noch rechtzeitig an einer Wand ab. Zwischen seinen Fingern fühlte er schleimiges Moos.
Als sie wieder ins Freie gelangten, waren auch wieder mehr Leute unterwegs. Das war ein beruhigendes Gefühl. Durch das Labyrinth schien ihnen niemand gefolgt zu sein und unter den Besuchern fielen sie weniger auf.
Zuko führte Bob über einen Steg am Ufer eines Flüsschens entlang. Sie quetschten sich an einigen fotografierenden Touristen vorbei. Ein chinesisches Mädchen spielte mit einer Schildkröte, die langsam tapsend zu entkommen versuchte. Die Eltern schauten in aller Seelenruhe zu und machten Bilder.

Plötzlich öffnete sich vor ihnen ein Feld, auf dem sich eine Gruppe älterer Frauen und Männer langsam bewegte, wie im Takt einer unsichtbaren Melodie.
»Was tun sie?«, fragte Bob.
»Sie tanzen«, sagte Zuko beiläufig.
Während sie an der Gruppe vorbeieilten, gerade so schnell, dass sie hoffentlich nicht auffielen, fragte Bob: »Warum? Hier in der Öffentlichkeit?«
»Weil sie es dürfen«, sagte Zuko. »Bis vor Kurzem war Tanzen im Freien verboten.«
»Aha«, machte Bob und dieses winzige Erlebnis machte ihm erneut klar, in welch fremdartiger Umgebung sie gelandet waren. Sie durften in Shanghai nicht ihre gewohnten Maßstäbe ansetzen. Hier an einem Fall zu arbeiten brachte unerwartete Probleme mit sich – die Menschen dachten, fühlten und handelten einfach *anders*. Es war schwer, sie und ihre Reaktionen einzuschätzen. Was in Amerika verdächtig gewesen wäre, mochte hier völlig normal sein … und umgekehrt. Das stellte die drei ??? vor völlig ungewohnte Herausforderungen. Sie mussten sich darauf einstellen und vielleicht einmal mehr um die Ecke denken. Außerdem galt es, so viel wie möglich über die Alltagskultur herauszufinden, damit ihnen eben keine Einschätzungsfehler unterliefen.
Sie verließen den Yu-Garten durch eine Drehtür, vor der zwei Uniformierte standen und – was sonst? – lächelten.
Draußen erwartete sie ein Gewirr von schmalen Gässchen und Wegen, in denen sich ungefähr doppelt so viele Menschen drängelten, wie nach Bobs Dafürhalten hineinpassen würden. Zuko führte ihn mitten in die Menge. Links und

rechts standen kleine Häuschen oder Hütten, jede einzelne zur Gasse hin offen. Die Bewohner boten tausenderlei zum Verkauf: Süßigkeiten, Schildkröten, von Fliegen umschwirrtes Fleisch, Hüte, Gemüse, Fächer, lebende Fische …
Es war fast unmöglich, dicht zusammenzubleiben. Bob fühlte sich nicht wohl bei dem Gedanken, den Anschluss an Zuko zu verlieren. Andererseits konnte er ihn über die Spezialhandys jederzeit erreichen.
Die Handys!
Ob er versuchen sollte, Justus oder Peter zu erreichen? Wie es ihnen wohl inzwischen erging?

Der Fremde stürmte vor wie ein Ochse.
Justus wunderte sich selbst, dass ihm ausgerechnet dieser Vergleich in den Sinn kam. Es musste wohl an der – vor allem im Vergleich mit Kataras fast schwereloser Leichtfüßigkeit – plumpen Fortbewegungsart des Fremden liegen. Dazu schwang er die Faust zu einem Hieb, der wohl einen … nun ja, Ochsen gefällt hätte.
Doch Katara, die sich schützend vor den Ersten und Zweiten Detektiv gestellt hatte, wich mit einer eleganten Drehbewegung mühelos aus. Sie kreiselte um die eigene Achse und hieb dem Angreifer in die Seite.
Dem musste man eine lassen – er konnte offenbar einiges einstecken. Er grunzte nur und zeigte sich ansonsten wenig beeindruckt.
»Lass uns durch«, sagte Katara drohend – auf Englisch, wohl damit Justus und Peter sie verstehen konnten. »Im Namen der funkelnden Schlange!«

Der andere lachte nur.
»Wie haben du und deine Spießgesellen uns gefunden?«
Die Antwort war ebenso kurz wie unverständlich – auf Chinesisch. Gleichzeitig näherte sich ein Händchen haltendes Pärchen, erkannte die Situation und machte sofort kehrt.
»Eine Familiensache?«, fragte Katara, als die beiden verschwunden waren. »Lächerlich! Dies geht die gesamten Triaden und damit die funkelnde Schlange an! Richte ihr aus, dass wir –«
Weiter kam sie nicht. Der Fremde rannte mit gesenktem Kopf auf sie zu. Katara wartete eiskalt ab und sprang in letzter Sekunde zur Seite.
Peter und Justus wichen ebenfalls aus – gegen diesen Kerl und seine schiere Wucht hatten sie keine Chance. Doch ehe er sie überhaupt erreichen konnte, erwischte Katara ihn im Sprung mit einem Kampfschlag im Nacken.
Er ging nicht zu Boden, wankte aber und sah aus, als wüsste er nicht mehr recht, wo er war.
»Kommt mit«, forderte Katara. »Ich weiß alles, was ich wissen muss.«
Sie hetzten durch die verwinkelten Wege und verließen bald die Parkanlage durch eine Drehtür – um in ein Gewimmel ohnegleichen einzutauchen. Überall priesen Verkäufer ihre Waren an – diversen Krimskrams und alle nur denkbaren Lebensmittel. Es roch penetrant nach Fisch und direkt daneben nach überzuckerten Süßigkeiten. Fische zappelten in winzigen Behältern.
Der Lärm von tausend Menschen, die alles Mögliche durcheinanderriefen, und die ebenso vielen verschiedenen Gerü-

che machten Justus ganz schwindelig. Trotzdem behielt der Erste Detektiv die Umgebung die ganze Zeit genau im Auge. »Ich bin mir sicher, dass uns niemand gefolgt ist«, sagte er.
»Sehr gut«, meinte Peter.
Katara nickte und zog die beiden in eines der winzigen Geschäfte, wo sie, umgeben von bunten Kleidern und riesigen Strohhüten, plötzlich völlig allein waren. »Das glaube ich auch«, sagte sie.
»Dieser Mann«, sagte der Erste Detektiv. »Er gehört zu Zukos Mutter Fan Quoc, richtig? Wer ist er? Ein Onkel?«
Kataras Augen weiteten sich, ehe sie anerkennend nickte. »Woher weißt du das?«
Justus knetete kurz seine Unterlippe. »Aus deinem Gespräch mit ihm habe ich geschlossen, dass er zu Zukos Familie gehört – du sagtest, dies sei keine Familienangelegenheit. Für einen Bruder schien er mir zu alt, für einen Großvater zu jung. Einen Vater hat Zuko nie erwähnt, sondern immer nur von seiner Mutter gesprochen. Ich nehme an, sein Vater hätte eine entsprechende Machtposition, sodass ich davon ausgehe, dass es sozusagen keinen Vater mehr gibt, ob er nun gestorben ist oder sich aus anderen Gründen –«
»Das reicht, Just«, unterbrach Peter. »Was er sagen will, ist, dass es diverse Hinweise gab.«
»Ihr seid beide gut«, gab Katara zu. »Du hast gut kombiniert«, lobte sie Justus. »Und Peter, du bist gut darin, deinen Freund während seiner unerträglichen Zurschaustellungen zu unterbrechen.«
»Aber …« Justus brach ab, als er Peters Prusten hörte, und ließ nur noch ein unverständliches Brummeln folgen.

»Es handelt sich um Fan Yuen, einen Bruder von Fan Quoc«, erklärte Katara. »Er macht mit seiner Schwester gemeinsame Sache. Die minderwertigen Schläger, die uns vorhin überfallen haben, gehörten zu ihm.«

»Wie haben sie uns gefunden?«, fragte Peter. »Das ist wohl die entscheidende Frage!«

»Ich weiß es nicht«, gab Katara zu.

Justus nickte. »Wir werden es herausfinden!«

Peter zog das Handy, das er von Xiang Than erhalten hatte, aus der Tasche. »Aber zuerst sollten wir Bob und Zuko treffen – falls sie nicht in Schwierigkeiten stecken.«

»Ruf sie an«, sagte Katara. »Dann bringe ich euch zurück ins Hotel. Hoffen wir, dass Zuko die Beweise bei sich hat.«

Er hatte, wie sie kurz danach herausfanden. Die Verbindung über die Handys klappte reibungslos.

Sie trafen sich und kurz darauf verließen sie zu fünft das Gewimmel des Straßenmarkts … nicht ohne dass Katara an einem der letzten Stände ein paar Tütchen kaufte und sie in einer Tasche verschwinden ließ.

Anschließend winkte sie einem Taxi, das anstandslos anhielt. Katara setzte sich auf den Beifahrersitz, die vier Jungen quetschten sich auf die Rückbank. Von dem kurzen Dialog, den Katara mit dem Fahrer führte, verstanden die drei ??? natürlich kein Wort. Immerhin setzte sich das Taxi in Bewegung.

Katara reichte den Jungen einiges von dem, was sie eben gekauft hatte. Justus glaubte, kleine Tütchen mit Lakritze zu erkennen, und freute sich schon … bis er bemerkte, was wirklich darin war. Er verzog angeekelt das Gesicht.

Zuko hingegen riss sein Tütchen auf und begann begeistert zu knabbern. »Was ist?«, fragte er, als er die verzogenen Münder aller drei ??? sah. »Mögt ihr keine Hühnerkrallen? Die sind doch köstlich!«

»Es sind … Hühnerkrallen«, sagte Bob tonlos.

»Eben! Jeder liebt sie.« Zuko biss wieder genussvoll zu. »Zumindest hier in Shanghai …«

Das Taxi fuhr zurück ins moderne Zentrum der Metropole. Peter erkannte schon von Weitem die Skyline wieder, die er nach seinem Erwachen aus dem Fenster des flaschenöffnerförmigen Hochhauses des World Financial Center zum ersten Mal gesehen hatte.

Jeder hing seinen Gedanken nach. Kein Zweifel – sie waren mit Katara und ihrem verbrecherischen Bund der Schlangen zwangsverbündet und außerdem auf diese Leute angewiesen, solange sie ohne Geld, Ausweise und Visum in diesem fremden Land festsaßen.

»Wenn ihr eure Krallen sowieso nicht esst …«, setzte Zuko vielsagend an.

»Du kannst meine haben«, sagte Peter großzügig und reichte ihm sein Tütchen. Bob und Justus erwiesen sich als ebenso selbstlos.

Drogen im Flaschenöffner

Zurück im altbekannten Hotelzimmer, fühlte sich Peter fast ein wenig heimisch. Er wusste nicht, was er davon halten sollte.

»Also, die Beweise haben wir gesichert«, sagte Katara.

»Ich nehme sie an mich«, ergänzte Xiang Than, die funkelnde Schlange, »und bringe sie an einen Ort, an dem weder Fan Quoc noch sonst irgendjemand darauf zugreifen kann.« Er streckte die Hand aus.

Zuko sah einige Sekunden so aus, als wolle er widersprechen und das Kästchen nicht hergeben, doch er entschied sich rasch anders. »Ich weiß, dass Sie darauf achten und es gerecht benutzen werden.«

Xiang Than schaute ihm in die Augen, lange und ein wenig nachdenklich. »Selbstverständlich«, sagte er schließlich. »Der Bund der Schlangen kämpft für das Wohl aller.«

»Für das Wohl der Triaden«, präzisierte Peter und wünschte sich sofort, dass er den Mund gehalten hätte. Egal ob es stimmte oder nicht, es war nicht gut, den alten Chinesen unnötig zu provozieren.

Die funkelnde Schlange ging nicht darauf ein. Xiang Than saß auf dem Stuhl am ausladenden Schreibtisch. Das Kästchen wanderte in seine Tasche.

»Nun, da das erledigt ist, Sir«, sagte Justus, »können und sollten wir unseren Plan weiterverfolgen. Wir wecken die Aufmerksamkeit von Zukos Mutter Fan Quoc, indem wir uns in ihr Drogengeschäft einmischen.«

»Das klingt einfacher, als es ist«, sagte Zuko.
»Findest du?« Peter legte die Stirn an die breite Fensterfront und starrte auf das Lichtermeer hinunter. Inzwischen war es Abend und die Hochhäuser überboten sich mit einfallsreichen Beleuchtungen. Der bizarre Kugelturm, den Peter als Erstes gesehen und dann im Prospekt der Stadt wiedererkannt hatte, leuchtete gerade in unfassbarem Quietscherosa und wechselte dann zu Grellgelb; kurz darauf tanzten Lichterspiele über die Fassade. Auf dem Fluss glitzerten zahllose Boote und Schiffe. »Für mich klingt das gar nicht einfach!«
Katara winkte unwirsch ab. »Einfach oder nicht – wir starten mit der Aktion sofort. Wer nicht mitmachen will, soll es bleiben lassen.«
»Wir sind dabei«, sagte Peter, ehe Justus irgendeine Bemerkung machen konnte. Das veranlasste den Ersten Detektiv zu einem zufriedenen Grinsen.
»Eine der Hochburgen von Fan Quocs Drogengeschäft ist genau dieses Gebäude«, sagte Katara.
»Das Shanghai World Financial Center?« Peter staunte. »Hier im *Flaschenöffner* handelt sie mit Drogen?«
»Sicher nicht im Hotelbereich, den vermutlich die wenigsten ihrer Kunden betreten dürften«, schränkte Justus ein. »Ebenso wenig in den Verwaltungsräumen und Büros, richtig? Eher in den Teilen, die jedem Besucher offen stehen.«
»Jedem, der ein Ticket kauft, um die Aussichtsplattform zu besuchen«, sagte Xiang Than.
»Die übrigens bis vor Kurzem die höchste Aussichtsplattform der Welt war!«, ergänzte Bob, der sich in den Stadtprospekt versenkt hatte. Recherchen lagen ihm einfach im Blut

und er nahm gern alle möglichen Fakten auf, ob sie nun auf den ersten Blick für den Fall wichtig erschienen oder nicht.
»Bis vor Kurzem?«, fragte Justus.
»Jetzt kann sich der Shanghai Tower damit rühmen, der ganz in der Nähe steht. Man kann ihn sogar sehen, wenn –«
»Leute, das ist doch so was von egal!«, fiel Peter seinen Freunden ins Wort. »Können wir das Sightseeing auf später verschieben, wenn wir all die Probleme hinter uns haben? Falls es überhaupt jemals so weit kommt?«
»Peter hat recht«, gab Justus zu. »Also, wir müssen auf diese Aussichtsplattform.«
»Und dann?«, fragte Katara. »Wie gehen wir vor?«
»Ich habe eine Idee«, meinte der Erste Detektiv. »Zuko, erkennst du die Leute deiner Mutter?«
»Nicht alle, aber den einen oder anderen sicher. Die Chancen stehen nicht schlecht.«
»Prima! Also, wir werden einen von ihnen ansprechen und so tun, als wollten wir Drogen kaufen. Danach …«
Alle lauschten dem Plan, den der Erste Detektiv in aller Eile entwarf – und der sowohl seine Kollegen als auch Xiang Than, dessen Enkelin Katara und Zuko auf Anhieb überzeugte. Sie feilten noch eine Weile an den Details, dann machten sie sich auf den Weg.

Die Bezeichnung Aussichtsplattform war durchaus irreführend für das, was vor den drei ??? lag, als sie den Aufzug verließen. Ihr Weg hatte sie zunächst ganz nach unten geführt, dort an eine Ticketverkaufsstelle und schließlich zu einem anderen Aufzug, der in einem Wahnsinnstempo wieder nach oben gerast war. Noch höher als die oberste der vom Hotel belegten Etage.

Gemeinsam mit Zuko gingen sie an einigen uniformierten Chinesen vorbei in einen riesigen Raum, der so gut wie das gesamte Geschoss einnahm. Auf beiden Seiten zog sich eine durchgehende Fensterfront über die ganze Breite des Gebäudes. Dicht gedrängt standen Leute davor und schauten auf die glitzernden Lichter der Millionenstadt.

Die drei ??? flanierten mit Zuko ebenfalls zu den Fenstern – ganz so, als wären sie Touristen, die den Ausblick genießen wollten. Tatsächlich ließ vor allem Zuko den Blick unauffällig schweifen. Er suchte jemanden, den er aus dem Gefolge seiner Mutter kannte. Katara war nicht mit ihnen gekommen. Sie würde eine der nächsten Aufzugspassagen in die Höhe nehmen, sodass sie etwaige Beobachter überraschen konnte.

Kurz versteifte sich Zukos Haltung, dann deutete er heimlich auf eine Gruppe von vier jungen Frauen, die einige Meter von den Fenstern entfernt auf dem Boden saßen. »Die da. Die drei, die afrikanisch aussehen, sind Touristinnen und werden sicher bald verschwinden. Haltet euch an die Vierte.« Er selbst würde im Hintergrund bleiben. Die Gefahr, dass er erkannt wurde, war zu groß.

Justus, Peter und Bob gingen wie zufällig näher und bemerkten erst jetzt, warum die Frauen ausgerechnet an dieser Stelle saßen. Es gab dort so etwas wie eine Markierung. Direkt vor ihren Füßen war quasi ein Fenster in den Boden eingelassen – zweifellos hochsicheres Panzerglas –, das den Blick in einen Tunnel schräg durch das darunterliegende Stockwerk und bis nach draußen freigab, in schwindelerregende Tiefen, auf Straßen, auf denen winzige Autos fuhren und noch winzigere Menschen spazierten.

Die afrikanischen Touristinnen standen auf und plapperten munter – auch bei ihnen verstanden die drei ??? kein Wort. Justus tippte auf Suaheli.

Peter setzte sich als Erster. »Schaut euch das an!«, sagte er, deutete kurz in den Schacht …

… und blickte dann auf die verbliebene junge Chinesin.

Sie sprach ihn an. »Was willst du?« Ihr Englisch war nur schwer zu verstehen. »Ich bin nicht interessiert.«

»Aber wir«, sagte Peter.

»An mir?« Sie lachte, tat so, als wolle sie aufstehen.

»An dem, was Sie zu verkaufen haben.«

»Ich? Was sollte ich anbieten?« So unschuldig sie sich gab, die Tatsache, dass sie überhaupt sitzen blieb und dieses Gespräch führte, sprach Bände.

Die drei ??? waren überzeugt, dass Zuko sich nicht getäuscht hatte. So einfach war das also. Wenn man nur wusste, wen man wie ansprechen musste, bekam man Drogen mitten in diesem hochglitzernden Touristenzentrum. Man musste sich nicht in irgendwelche dunklen Ecken und Gassen der Stadt verirren, die das besser betuchte Publikum wohl gar nicht erst aufgesucht hätte. Jedem das Seine, dachte der Zweite Detektiv sarkastisch.

»Wir haben genug Geld«, mischte sich nun Bob ein. »Aber wir … tauschen doch sicher nicht hier.«

»Wieso nicht?«, fragte die Frau.

Bob schaute sich vielsagend um. »Kameras?«, schlug er vor.

»Die gibt es in Shanghai überall.«
»Ach, ich bin sicher, Sie kennen einen Ort irgendwo hier oben, der unbeobachtet ist.«
»Keine Ahnung, wovon ihr redet«, behauptete sie und stand auf. »Ich muss mal zur Toilette.«
Die drei ??? standen ebenfalls auf, warfen sich kurze Blicke zu – und folgten der Fremden. Sie führte sie gegenüber dem Aufzug, der sie zur Aussichtsplattform gebracht hatte, durch eine Metalltür in ein Treppenhaus. Das sah erstaunlich schlicht aus.
»Kommt man hier tatsächlich –«, setzte Peter an.
»… bis ganz nach unten?«, unterbrach die Chinesin. »Natürlich nicht! Nur ein Stockwerk tiefer, in die Verkaufsbereiche. Dort könnt ihr die Andenken kaufen, die ihr offenbar sucht. Nachbildungen des Financial Center fürs Regal, echte Flaschenöffner in Form des Gebäudes oder –«
»Was wir kaufen wollen«, fiel der Zweite Detektiv nun ihr ins Wort, »bekommen wir dort bestimmt nicht.«
Sie ging noch einige Schritte, blieb in einer Ecke stehen – auf der einen Seite die Eingangstür in die Herrentoilette, auf der anderen der Treppenabgang. »Euer Gedanke mit den Kameras war nicht dumm«, sagte sie. »Hier ist ein blinder Winkel.«
»Tatsächlich?«, fragte Justus süffisant und tat, als wäre er überrascht.
»Ich habe dafür gesorgt. Also, reden wir Klartext. Woher wisst ihr, dass ihr euch an mich wenden müsst?«
»Wir haben unsere Quellen«, erklärte Bob.
»Das genügt mir nicht. Ich arbeite nur auf Empfehlungs-

basis. Also, wer schickt euch? Und glaubt mir, ich habe noch anderes zu tun, als mich mit euch dreien herumzuschlagen.«
»Mit mir zum Beispiel?«, zischte eine Frauenstimme.
Der Kopf der Chinesin ruckte herum. »Was …?« Ihr ganzer Körper spannte sich. Sie sah aus, als würde sie jede Sekunde zum Angriff übergehen und ab sofort, egal was kam, keinerlei Spaß mehr verstehen.
Katara trat heran. Auch die drei ??? hatten nicht bemerkt, wie sie sich angeschlichen hatte. Erst durch ihre Worte hatte sie auf sich aufmerksam gemacht. »Die Jungs sind in meinem Auftrag hier.«
»Was wollt ihr von mir?«
»Die funkelnde Schlange hat eine Nachricht an Fan Quoc.«
»Was? Das ist … nenn nicht ihren Namen!«
»Wir müssen mit ihr sprechen. Kontaktiere sie. Sofort.«
»Das werde ich nicht! Ich glaube dir nicht. Jeder könnte behaupten, im Auftrag der funkelnden Schlange zu handeln. Das ist doch lächerlich! Warum sollte sich die Schlange dreier ausländischer Kinder bedienen? Ich glaube nicht einmal, dass –«
»Was Sie glauben«, sagte Justus, »spielt keine Rolle. Wir sind hier und –«
»Und du wirst sofort Fan Quoc kontaktieren«, fiel Katara ihm ins Wort. »Ein Treffen. Verstanden?«
Die Chinesin zögerte. Ihre Hand fuhr in die Hosentasche.
Peters Herz schlug rascher, als er es bemerkte. Wollte sie eine Waffe ziehen? »Machen Sie keinen Unsinn«, verlangte er – wenig überzeugend.
Die Frau lachte spöttisch, als sie die Hand zurückzog und

ein Handy präsentierte. »Ich werde einen Anruf tätigen. Allein.«

»Die funkelnde Schlange duldet keine Eigenmächtigkeiten«, sagte Katara. »Überleg dir gut, was du tust.«

»Ich werde die Meisterin anrufen, denn sie würde es mir nie verzeihen, wenn ich sie nicht informiere. Wie sie darauf reagiert, vermag ich nicht zu sagen.« Ein feines, nichtssagendes Lächeln folgte. »Was soll ich ihr mitteilen? Worum geht es?«

»Das kann sie sich selbst denken«, meinte Katara. »Sei dir gewiss, dass es ihr klar sein wird.«

Die Chinesin nickte. »Ich werde mich für fünf Minuten zurückziehen. Wir treffen uns unten, am Fotostand.« Sie zeigte auf den Treppenabgang.

Katara nickte. »So sei es.«

Die drei ??? machten sich mit Katara an den Abstieg, während die Chinesin in der Damentoilette verschwand.

»Was, wenn sie flieht?«, fragte Peter.

»Das wird sie nicht«, gab sich Katara überzeugt. »Kein Mitglied der Triaden stellt sich gegen die funkelnde Schlange und deren Macht. Zumindest nicht, solange es keinen sehr guten Grund dafür gibt. Diese einfache Drogenverkäuferin hat zu viel zu verlieren und zu wenig zu gewinnen. Sie weiß, dass mein Großvater sie überall finden würde.«

Unten angekommen – seltsam, einen Ort in derartiger Höhe als unten zu bezeichnen – fanden sich die drei ??? in einem edlen Raum wieder, der der Empfangshalle eines Luxushotels alle Ehre gemacht hätte.

Es herrschte alles andere als Trubel bei den Verkaufsständen, eher gediegene Ruhe. Hochglanzbücher und Modelle der markanten Hochhäuser aus allen erdenklichen Materialien zu hohen bis horrenden Preisen standen in blitzblanken Vitrinen. Das eine oder andere Kind schaute durch Ferngläser, die vor den Fenstern montiert waren.

Katara durchquerte den Raum zielstrebig, hin zu dem Fotostand, den die Chinesin als Treffpunkt genannt hatte. Dabei handelte es sich um einen Tresen, über dem auf mehreren Monitoren Bilder gezeigt wurden, die offenbar von den Besuchern der Plattform gemacht worden waren – wie man es von den Achterbahnen in Freizeitparks kannte. Nur dass die Touristen hier vor den Glasfronten und der imposanten Stadtkulisse in der Tiefe posierten.

Für die Bilder hatten die drei ??? allerdings keinen Blick. Stattdessen warteten sie ungeduldig auf die Ankunft der Drogenverkäuferin.

Sie brauchten nicht lange zu warten.

Die Chinesin kam zu ihnen und sie verzogen sich in eine ruhigere Ecke. Die Fotoverkäuferin musste ja nicht mithören. »Die Meisterin ist einverstanden mit einem Treffen. Morgen früh, neun Uhr.«

»Wo?«, fragte Justus.

»Im Ocean Aquarium, vor den Quallenwänden.«

Der Erste Detektiv warf Katara einen fragenden Blick zu. »Einverstanden«, sagte diese. »Du darfst nun gehen.«

Im Lächeln der Drogenverkäuferin lag weitaus mehr Gift als Höflichkeit, als sie sich entfernte.

Katara und die Jungen warteten noch einige Augenblicke, bevor sie ebenfalls die Verkaufsetage verließen und im Aufzug nach unten rauschten.

Und sofort wieder in einem anderen Aufzug nach oben – der ständige Wechsel machte die drei ??? ganz schwindlig. Katara setzte sie im Hotelzimmer ab, wo Zuko bereits wartete und auf seinem Handy herumtippte. »Ich werde euch morgen um halb acht abholen«, sagte sie zum Abschied.

»Wir sind hier … Gefangene?«, fragte Bob.

»Ihr seid in Sicherheit«, verbesserte Katara. »Wir werden euch Zustellbetten und etwas zu essen bringen lassen. Damit lebt ihr in diesem exquisiten Hotel nobler als etwa 99,99 Prozent aller Menschen in Shanghai. Zufrieden?« Ohne ihnen die Möglichkeit einer Antwort zu lassen, zog sich Katara zurück.

»Wisst ihr, was ich nicht leiden kann?«, fragte Peter.

Zuko schaute ihn an. »Hm?«

»Wenn Katara so tut, als würde sie uns wie Freunde behandeln und uns nur das Beste wünschen.«

»Du hast also lieber einen knackigen Erzfeind?«, fragte Bob. »So was wie Skinny Norris?«

»Ich hatte noch nie einen Erzfeind«, sagte Zuko und grinste breit. »Aber was soll's, ich bin ja auf dem besten Weg, mir einen zu schaffen. Oder gleich eine ganze Horde.«

»Und jetzt?«, fragte Bob. »Woher wissen wir, dass Zukos Mutter zu dem Treffen nicht mit einer Armee von Killern auftaucht und das Ganze blutig endet?«

»Denk doch nach«, forderte Justus. »Erstens ist da Xiang Thans Autorität. Niemand würde die funkelnde Schlange angreifen, wenn es sich vermeiden lässt – das wäre ein Sakrileg, das alle Triaden gegen Fan Quoc aufbringen würde. Sie mag rebellisch sein und Intrigen gegen ihren eigenen Vater

schmieden, um sich an die Spitze ihres Clans zu setzen … aber sie ist nicht wahnsinnig.« Er stockte. »Hm. Oder doch?«
Zuko hob nur kurz die Schultern.

»Und zweitens?«, fragte Bob. »Ich hätte gerne etwas, das ein wenig handfester ist als die mythische Machtposition einer legendären Gestalt, die in Wirklichkeit ein alter Chinese ist.«

»Wir haben die Beweise gegen Zukos Mutter«, meinte Peter und sprang damit dem Ersten Detektiv bei. »Die sind unsere eigentliche Sicherheit. Quoc will diese Beweise auf keinen Fall in der Öffentlichkeit haben, was der Angriff ihres Bruders im Yu-Garten ja beweist. Noch wissen nur wenige von ihren Intrigen – sie will, dass es so bleibt! Handfest genug?«

»Also erpressen wir die intrigante Verbrecherin«, meinte Bob. »Hm … nicht dass mir das gefällt, aber ja – es ist wenigstens handfest!«

»Okay«, meinte Justus. »Und Zuko?«

»Ja?«

»Ehe wir morgen früh aufbrechen, musst du noch etwas erledigen …«

Die Welt neben der Welt

Obwohl ihnen eine Menge Fragen im Kopf herumschwirrten und sich vor allem Peter einen Rucksack voll mit Sorgen schnürte, schliefen die drei ??? erstaunlich gut.
Auch Zuko sah einigermaßen ausgeschlafen aus, als ihnen gegen sieben Uhr am Morgen ein Mann, ohne ein Wort zu sagen, das Frühstück brachte: einen wenig appetitlich aussehenden, farblosen Getreidebrei mit Reis oder ähnlichen Körnern.
»Sehr gesund«, meinte Zuko aufmunternd.
»Sehr geschmacklos«, konterte Justus, »aber der Hunger treibt es rein.«
Eine halbe Stunde später kam Katara vorbei. Gemeinsam verließen sie das Zimmer und den *Flaschenöffner*. Auf dem Platz vor dem Hochhaus waren bei Weitem nicht so viele Leute unterwegs wie während Peters nicht sonderlich erfolgreichen Fluchtversuchs nach seinem ersten Erwachen in Shanghai. Wahrscheinlich war es noch zu früh am Morgen.
Überraschenderweise schloss sich ihnen hier draußen Xiang Than an. Der alte Chinese trug einen hellgrauen Anzug und nickte den Jungen mit einem Lächeln zu, das sogar die Augen erreichte. Fast konnte man ein Funkeln darin sehen. Mit jedem Schritt verströmte er die Ausstrahlung von Macht und Charisma, das ließ sich nicht leugnen – er zog viele Blicke auf sich und er wusste genau, wie er wirkte. Dennoch gab er sich keineswegs hochmütig oder überheblich.
Justus, der die Passanten genau im Auge behielt, fragte sich,

ob sein Eindruck stimmte. Erkannten etliche der Passanten den alten Mann tatsächlich? Und warfen sie ihm mit einer leichten, angedeuteten Verbeugung ehrfürchtige Blicke zu?

»Die Triaden«, sagte Xiang Than, der die Fragen des Ersten Detektivs wohl erahnte, »existieren mitten im Alltag der Menschen. Wir sind nicht nur ein Teil der Dunkelheit, nicht nur irgendwo in finsteren Gassen unterwegs – wir gehören dazu. Wir sind eine zweite Welt in der Öffentlichkeit, eine Gesellschaft neben dem Gesetz und der ›normalen‹ Oberfläche Shanghais. Alle wissen von uns – die Polizei weiß von uns –, aber niemand kann etwas dagegen unternehmen.«

Die funkelnde Schlange legte Zuko eine Hand auf die Schulter. »Vielleicht *will* es auch niemand. Weil im Grunde genommen alle wissen, dass ich da bin. Der wahre Drachensohn, der das Gleichgewicht aufrechterhält und dafür sorgt, dass die Welt der Triaden da bleibt, wo sie hingehört. Im Zwielicht, stets spürbar und sichtbar für die, die zu sehen wissen – aber doch nie zu aufdringlich.«

Sie gingen direkt auf den Kugelturm zu, der aus der Nähe betrachtet noch imposanter wirkte. Die gewaltigen Haltestreben, auf denen die erste Kugel ruhte, standen in verwirrenden Winkeln zueinander.

»Nehmt dieses Gebäude als Beispiel«, fuhr Xiang Than fort. »Der Oriental Pearl Tower – das erste größere Bauwerk hier auf dem Gebiet, das nun das moderne Stadtzentrum ist, das Tor zur Welt, das Gesicht, das Shanghai von sich präsentiert. Noch vor wenigen Jahrzehnten gab es hier nur Ackerland, eine öde Insel inmitten der wuchernden Stadt. Aber wir haben beschlossen, dass wir an diesem Ort der Welt demonstrieren, wozu wir fähig sind. Schaut euch nur den in sich gedrehten Shanghai Tower an – er ist so hoch, dass sich im Rohbau ein eigenes Mikroklima gebildet hatte.«

»Was meinen Sie damit?«, fragte Bob.

»Es hat darin durch die Höhe, den unterschiedlichen Luftdruck und die Temperaturschwankungen *geregnet*, ehe der Innenausbau beendet wurde«, erklärte Zuko.

Die funkelnde Schlange nickte. »Den Anfang machte jedoch der Oriental Pearl Tower – offiziell nichts als ein Fernsehturm, aber von der Bedeutung her ein Meilenstein. Seht euch nun um: ein Zentrum der Superlativen! Die ganze Welt schaut hierher!«

»Was soll das heißen«, hakte Justus nach, »wenn Sie sagen, dass *wir* etwas demonstrieren wollten? Die Triaden? Das chinesische Volk?«

»Oh«, machte Xiang Than, »du stellst gute Fragen. Vielleicht begreifst du langsam, was die Triaden wirklich sind, für die ich die Fürsorge übernommen habe. Gibt es überhaupt einen Unterschied? Die Triaden oder das chinesische Volk? Möglicherweise kann das eine ohne das andere gar nicht existieren.« Er winkte ab. »Aber nun haben wir etwas anderes vor. Das Ocean Aquarium wartet auf uns – und Fan Quoc!«

Sie ließen den Kugelturm links liegen und wandten sich einem riesigen, hallenartigen Gebäude zu. Xiang Than führte sie zum Eingang und ging wie selbstverständlich durch die Kontrollen. Erst seine Enkelin, dann die vier Jungen folgten ihm, ohne dass irgendwer sie aufgefordert hätte, Eintrittskarten zu lösen.

Eine zweite Welt neben der normalen Welt, dachte der Erste

Detektiv. Jeder kennt sie und akzeptiert sie. Er schüttelte den Kopf.
Im Inneren liefen sie vorbei an Aquarien mit den wunderlichsten Meerestieren. Besonders fielen den drei ??? die Seedrachen auf – ungefähr handspannengroße Tierchen, die Seepferdchen ähnelten, aber bunter und noch bizarrer geformt waren. Sie wuselten dutzendfach um bunte Korallen herum. Hinter einer anderen Scheibe reckten bleiche Albinoschildkröten lange, faltige Hälse. Es ging jedoch zu schnell voran, um mehr als flüchtige Blicke werfen zu können. Erst recht, als sie auf einem Laufband einen gläsernen Tunnel durchquerten, der mitten durch ein gigantisches Aquarium führte. Ein Hai starrte sie aus weniger als einem Meter Entfernung aus seinen Knopfaugen an und zeigte in einem tödlichen Grinsen eine Reihe nadelspitzer Zähne. Es war ein seltsames Gefühl, dieses Raubtier nur durch eine Glaswand von sich getrennt zu wissen.
Niemand musste den drei ??? sagen, dass sie ihr Ziel danach erreicht hatten. Die Quallenwände waren nicht zu übersehen. Fan Quoc hatte den Treffpunkt sehr geschickt gewählt. Es war hier dunkler als überall sonst. Im Zwielicht ragten mehrere Glaswände schätzungsweise drei, vier Meter hoch auf, in mattes, farbiges Licht getaucht. Dahinter trieben ganze Schwärme riesiger Quallen. Manche zogen meterlange Tentakel hinter sich her.
»Willkommen«, sagte Xiang Than und schritt in eine der düstersten Ecken. »Ich danke dir, dass du der Einladung gefolgt bist.«
Das Alter der Frau, die dort auf sie wartete, war schwer zu

schätzen. Sie konnte ebenso vierzig wie sechzig Jahre alt sein. Ihr pechschwarzes Haar hing fingerlang und unansehnlich um das bleiche Gesicht – wobei bleich in diesem Land gleichbedeutend mit vornehm war, denn chinesische Frauen vermieden es stets, sich der Sonne auszusetzen.
»Einladung?«, fragte die Chinesin. »Das wüsste ich aber. Ich sah es eher als … Befehl an.«
»Dem du Folge geleistet hast«, sagte die funkelnde Schlange. »Ein Schritt in die richtige Richtung.«
»Bilde dir ja nichts darauf ein. Ich wollte der Tradition Genüge tun und dir persönlich ausrichten, was ich von dir und deinem Bund der Schlangen halte.«
Nun traten auch die Jungen näher.
»Mutter«, sagte Zuko ohne jede Freundlichkeit.
Sie starrte ihn an, ohne eine Miene zu verziehen. Den drei ??? gönnte sie keinen Blick.
Justus entgingen die drei Männer nicht, die das Treffen viel zu genau im Auge behielten, um bloße Besucher zu sein. Er war sich nicht ganz sicher, glaubte aber, in dem einen, der sich tief in den Schatten hielt, Fan Quocs Schlägerbruder Fan Yuen zu erkennen, mit dem sie im Yu-Garten unangenehme Bekanntschaft gemacht hatten.
»Klären wir die Sache«, sagte Xiang Than.
»Danke für das Angebot«, erwiderte Fan Quoc, »aber ich bestehe darauf, mit diesem kleinen Dieb und seinen Freunden zu reden.« Nun wandte sie den Blick auch den drei ??? zu.
»Wie du mich nennst, ist mir egal«, sagte Zuko kalt, »aber der funkelnden Schlange solltest du die Ehre erweisen, die –«

»Die ihr zusteht?« Fan Quoc lachte höhnisch. »Ist es das, was du sagen wolltest? Dieser Mann verlangt Ehrerbietung, ohne dass es einen Grund dafür gibt außer überlieferten, überholten Vorstellungen!«

Xiang Than ließ sich von dieser Beleidigung nicht beeindrucken. »Redet mit ihr. Seid euch dessen gewiss, dass meine Macht euch schützt.«

Die vier Jungen zogen sich mit Fan Quoc zu einer anderen Glaswand zurück. Hinter ihnen pumpten sich die ätherischen Geschöpfe wie Feengeister durch das Wasser.

»Ich habe die Beweise gegen dich an mich gebracht, um mich abzusichern, Mutter«, begann Zuko.

»Wo sind sie?«

»Der Drachensohn hat sie.«

Fan Quoc verzog verächtlich das Gesicht. »Wieso arbeitest du mit ihm zusammen? Er ist ein Narr! Er steht für das alte, überkommene System!«

»Und du?«, fragte Zuko. »Ich beobachte deine Geschäfte und Intrigen schon lange. Es widert mich an! Hast du wirklich gedacht, ich würde dabei mitspielen? Dir ist die Macht deines Clans nicht genug, du willst alles! Am liebsten wahrscheinlich sogar an die Spitze aller Triadenmitglieder! Deinen Ehemann, meinen Vater, hast du mit deiner Machtgier bereits ins Exil getrieben. Nun steht dir dein Vater als Nächster im Weg und –«

»Lass deinen Großvater aus dem Spiel«, forderte sie. »Hier geht es nur um uns beide. Als mein Sohn hättest du dich nicht einmischen dürfen!«

Das Gespräch nahm eine Wendung, bei der sich Peter nicht

mehr zurückhalten konnte. »Aber Zuko hat sich eingemischt. Genau wie ich – wenn ich auch nicht wusste, worum es eigentlich geht. Ich bin ihm zu Hilfe gekommen, als er von Ihren Männern verfolgt und bedroht wurde. Ihr eigener Sohn!«

»Der gegen mich arbeitet«, warf sie kühl ein.

»Als ob Sie nicht genau dasselbe tun würden«, sagte Justus. »Wie Zuko gegen Sie arbeitet, so arbeiten Sie gegen Ihren Vater! Er steht dem Fan-Clan vor, aber Sie wollen seine Position einnehmen!«

»Sei still«, herrschte Zukos Mutter den Ersten Detektiv an. Ihr stand kalte Wut ins Gesicht geschrieben. Von der stets beherrschten Weisheit, die Xiang Than ausstrahlte, besaß sie nicht einen Hauch.

»Danke«, sagte Zuko. »Du hast mir eben erneut bewiesen, Mutter, dass ich richtig gehandelt habe. Du wirst dich von nichts bremsen lassen! Und wenn dich niemand stoppt, wirst du die Triaden und damit die ganze Stadt ins Chaos stürzen!«

»Was weißt du schon, du kleine Mistmade!«

»Er weiß genug über die Triadenkriege«, sagte Justus so beherrscht wie möglich. »Mehr als ich in jedem Fall, und schon das wenige, das ich kenne, gefällt mir überhaupt nicht. Ich habe nur darüber gelesen, aber die Berichte von Kollateralschäden sind in höchstem Maß beunruhigend.«

»Was bist du denn für eine Witzfigur?«, kanzelte Fan Quoc den Ersten Detektiv ab. »Jetzt hör mir gut zu, Sohn: Gib mir die Beweise. Geh zu diesem Alten und fordere zurück, was uns gehört. Schließ dich mir an und ich werde vergessen, was du getan hast. Wenn du willst, lasse ich sogar deine drei Freunde gehen. Ganz egal wie, es wird enden – heute noch.«

»Natürlich haben wir die Beweise nicht mitgebracht«, sagte Justus. Er warf seinen Freunden einen kurzen Blick zu. Peter und Bob nickten. Sie hatten damit gerechnet, dass das Gespräch an genau diesen Punkt gelangen würde, und noch am Abend des Vortags besprochen, wie sie vorgehen würden … allerdings ohne Xiang Than einzuweihen. »Aber gegen diverse Versicherungen wären wir bereit, sie Ihnen auszuhändigen. Auf Ihr Wort können wir uns doch verlassen?«

»Und wenn nicht?«, fragte Bob.

»Nun ja«, meinte Peter, »die funkelnde Schlange ist mächtig, ob Fan Quoc das zugeben will oder nicht. Er wird sie zerquetschen, wenn sich das nicht friedlich lösen lässt oder wenn sie im Nachhinein Zuko ein Leid zufügt.«

»Ihr wollt mich erpressen?«, fragte Fan Quoc. »Ihr stellt tatsächlich Forderungen? Da seid ihr an die Falsche geraten! Ich bin bereit, einen Triadenkrieg zu riskieren, denn ich weiß, dass ich gewinnen werde! Meine Zeit kommt bald. Xiang Than und seine angebliche Machtstellung sind so lächerlich veraltet – es ist eine neue Zeit angebrochen und er hat es nicht einmal bemerkt! Er wird untergehen.«

Eine Gestalt schritt heran – Fan Yuen, ihr Schlägerbruder. Er packte Zuko. »Die Beweise«, forderte er.

»Nicht ihn«, zischte Fan Quoc und deutete auf Peter, der neben ihrem Sohn stand.

Fan Yuen reagierte sofort und diesmal erstaunlich geschmeidig. Er fasste nach dem Zweiten Detektiv. Aber Peter war noch schneller und wich mit einem Schrei aus.

»Was ist denn hier los?«, tönte plötzlich eine Stimme auf Englisch. Ein breitschultriger Mann mit buschigen Augenbrauen eilte hinzu – offenbar ein Besucher des Aquariums. Er griff beherzt ein … und sah sich im selben Moment der heranrasenden Faust des Schlägers Fan Yuen ausgesetzt. Mit einem Ächzen ging er zu Boden.

Und wieder einmal ohne Vorwarnung war plötzlich Katara da. Sie griff Yuens Arm und bog ihn auf den Rücken. »Das ist doch nicht euer Ernst!«, rief sie. »Hier?«

Inzwischen kam der niedergeschlagene Besucher wieder auf die Füße und rief um Hilfe. Irgendwo in der Nähe schrie eine Frau. Katara hieb ihren Unterarm gegen einen weiteren von Fan Quocs Leuten, der scheinbar aus dem Nichts auftauchte. Der taumelte zurück und krachte mit dem Rücken gegen eine der Glaswände. Sie knirschte.

Die drei ??? und Zuko machten, dass sie davonkamen. Sie rannten vorbei an einem Becken, in dem ein riesiger Rochen durchs Wasser flappte und sich flach auf die Scheibe legte.

Das Geschrei hinter ihnen wurde zwar langsam leiser – aber sie wussten, dass sie verfolgt werden würden. Von Fan Quoc, von deren Leuten, von Katara, von Xiang Than. Mit rasendem Herzschlag hetzten sie durch den Ausgang ins Freie.

Sie rannten über den Platz, ließen das Gebäude des Aquariums hinter sich – und spurteten auf den Oriental Pearl Tower zu, den Kugelturm, über dessen Bedeutung die funkelnde Schlange vorhin noch in bester Justus-Manier einen Vortrag gehalten hatte.

Der Erste Detektiv warf Zuko einen raschen Blick zu. »Hast du alles geklärt?«

»Hab ich!« Der Junge zog sein Handy. »Für uns sind VIP-Karten reserviert!«
Sie schauten über die Schulter zurück. Gerade kam jemand aus dem Ocean Aquarium, der verdächtig nach Fan Yuen aussah. Es wurde knapp.
Die vier Jungen erreichten den Oriental Pearl Tower, vor dessen Eingang mehrere Menschenschlangen darauf warteten, zu den diversen Kassen vorgelassen zu werden und Eintrittskarten kaufen zu können. Nur eine Reihe war sehr kurz – bestand genauer gesagt nur aus einer einzigen Person, die gerade durch den Eingang ging.
Die VIP-Kasse!
Dorthin rannten sie, Zuko vorneweg. Schwer atmend legte er sein Handy vor, während Bob sagte: »Deine Mutter zu provozieren, war ja einfacher als gedacht!«
»Sie ist sehr reizbar.« Zuko ächzte und zeigte der jungen Chinesin an der Kasse die Handy-Reservierung, die er am Vorabend getätigt hatte. Sie wurden durchgelassen.
Alles lief nach Plan.
Noch.
Im Erdgeschoss des Turms ragte in der Mitte und von überallher sichtbar ein gläserner Aufzugschacht in die Höhe – dort ging es zur ersten Besucherkugel.
Das Erdgeschoss selbst war ein Sammelsurium von Geschäften und Restaurants, in denen man sich vor oder nach der Besichtigungstour stärken konnte. Danach stand den drei ??? allerdings nicht der Sinn. Sie wollten so schnell wie möglich nach oben.
Sie *mussten* nach oben, wenn ihr Plan gelingen sollte!

Doch das war nicht so einfach wie erhofft. Die Schlange vor den Aufzügen war lang – und da die drei ??? den Eingang genau im Auge behielten, entging ihnen nicht, dass es dort Aufregung gab.
Fan Yuen drückte sich durch die Menge!
»Kommt mit!«, rief Zuko und rannte los.
Weg vom Aufzug, hin zu einem breiten Durchgang, über dem eine Menge chinesische Schriftzeichen dem Besucher wohl klarmachten, was ihn dahinter erwartete. Wenn er es denn lesen konnte.
Die drei ??? vertrauten Zuko. Was blieb ihnen auch anderes übrig?
Sie rannten ins Ungewisse, verfolgt von Fan Quocs Schlägerbruder.

Die winzige Stadt

Die drei ??? kamen sich vor wie in einer Spielzeugwelt. Der Bereich, in den Zuko sie geführt hatte, war eine Außenstelle des Stadtmuseums – aber er unterschied sich von allen Museen, die sie kannten.

Sie eilten durch ein Labyrinth aus Nachbauten von Häusern aus verschiedenen Epochen Shanghais. Zuko stoppte in einer Halle, in der eher europäisch wirkende Gebäudenachbildungen ausgestellt waren – Gassen, in denen etwa kleinkindgroße Figuren das Leben in Kneipen nachspielten. Musik dudelte und aus einem Haus drangen Geräusche wie aus einem Restaurant: Gläser klirrten, Menschen lachten. Die Gebäude selbst waren aus Plastik oder Pappmaschee und gerade groß genug, um hineinkriechen zu können.

Der Rundgang durch die Häuser war voller Abzweigungen und versteckter Winkel. Auf den ersten Blick hatte Zuko einen guten Platz gewählt, um Fan Yuen zu entkommen. Auf Dauer konnte das allerdings keine Lösung sein. Sollten sie sich in den Gebäuden verstecken? Es würde sicher einen Alarm auslösen, wenn sie sich daran zu schaffen machten. Und außerdem konnten sie hier unten ihren Plan nicht in die Tat umsetzen. Sie mussten nach oben, in die Aussichtskugel!

»Die Zeit drängt«, wisperte Justus seinen Freunden zu. »Wir müssen irgendwas tun!«

»Vielleicht hätten wir uns doch nicht absetzen sollen«, meinte Peter frustriert. »Katara würde uns auf ihre Weise raushauen.« Er grinste matt. »In ganz wörtlichem Sinn.«

»Ausgerechnet du weinst ihr nach?«, fragte Bob.
»Wie kommst du darauf, dass ich –«
»Still!«, unterbrach Justus, der gerade um die Ecke eines der Gebäude lugte. »Ich sehe ihn!«
Aber an einer unmöglichen Stelle! Nämlich mitten in einem Stadtbild von Shanghai. Fan Yuen flanierte über eine Brücke, inmitten vieler Passanten, und schaute sich hastig nach allen Seiten um.
Es dauerte einen Moment, bis der Erste Detektiv begriff, was er da sah. Die Museumsbesucher liefen dort hinter einer Leinwand, wurden von einer Kamera aufgezeichnet und automatisch in einen Film mit historischen Aufnahmen integriert, der gleichzeitig vorne auf die Leinwand projiziert wurde. Etliche Besucher standen davor, betrachteten ihre Familienmitglieder und fotografierten, was das Zeug hielt.
Zuko warf ebenfalls einen Blick um die Ecke. »Das ist unsere Chance! Hinter dem Bild kann er uns nicht sehen. Los, weg hier, solange er dort feststeckt!«
Sie eilten los, an den knipsenden Touristen vorüber. Justus hielt ihren Gegner auf der Leinwand genau im Blick – er hatte deren Rand schon fast erreicht und würde jeden Augenblick um die Ecke kommen. Dann standen die vier Jungen wie auf dem Präsentierteller.
Sie mussten sich beeilen!
Dummerweise versperrte eine Besuchergruppe den Zugang zu dem Korridor, der in die nächsten Räume des Museumskomplexes führte. Als sie endlich weiterkonnten, hörte Justus, der sich als Letzter durch die Tür quetschte, einen Fluch und entdeckte beim Blick zurück Fan Yuen, der sich wenig

zimperlich einen Weg bahnte und Leute zur Seite stieß. Er war ihnen nach wie vor auf den Fersen.

Sie eilten durch einen Korridor, der schnurgeradeaus führte – ohne jede Möglichkeit, sich zu verstecken.

So ein Mist!

Endlich tat sich seitlich eine Möglichkeit auf, den Gang zu verlassen und aus Fan Yuens Sichtfeld zu kommen. Sie rannten hinein. In diesem Raum waren die Nachbildungen der Gebäude noch kleiner – eher wie etwas zu groß geratene Puppenhäuser. Außer ihnen hielt sich niemand hier auf.

»Hat er uns gesehen?«, fragte Bob.

»Glaube nicht«, presste Justus schwer atmend heraus. »Verstecken!«

Sie suchten hinter einem der größten Häuser Deckung, indem sie sich zu viert nebeneinanderkauerten. So konnten sie von der Tür her nicht gesehen werden. Solange ihr Verfolger nur einen Blick in den Raum warf, würde er sie nicht entdecken. Dann musste er sich entscheiden, ob er den Raum durchsuchte oder den Jungen weiter den Korridor entlang hinterherrannte.

Der Erste Detektiv hörte sein Herz überlaut im Hals schlagen. Die Ader pochte schmerzhaft. Er zuckte zusammen, als plötzlich eine Stimme erklang und einen Redeschwall auf Chinesisch losließ.

Es dauerte einen Moment, bis Justus begriff, dass sie nicht von einem menschlichen Wesen stammte. Es handelte sich um eine Tonbandaufnahme, die anscheinend etwas über das Haus berichtete, hinter dem sie hockten.

Gleichzeitig erschienen in dem Modellhaus die Projektionen

winziger Menschen auf geschickt angebrachten, vorher unsichtbaren Glasscheiben. Sie gingen Alltagsbeschäftigungen nach – hängten Wäsche auf, kochten, saßen beim Essen zusammen.

Zuko fluchte leise vor sich hin. »Ein Sensor muss bemerkt haben, dass wir hier sind, und hat die Wiedergabe gestartet«, flüsterte er. »Wenn Fan Yuen das mitbekommt …«

Weiter kam er nicht.

Denn Fan Yuen bekam es mit! Der massige Mann polterte mit stampfenden Schritten in den Raum.

»Genug ist genug«, raunte Peter. »Wir sind zu viert – wir schaffen ihn! Los!« Er sprang auf und stürmte auf den Chinesen zu.

Fan Yuen empfing ihn mit einem Grunzen und einem dümmlich aussehenden Grinsen – kein Wunder, dass nicht er, sondern seine Schwester den Ton angab.

Im nächsten Moment stürmten auch Justus, Bob und Zuko auf ihn zu – und wohl erst in diesem Augenblick begriff der Chinese seinen Fehler. Er hatte sich darauf verlassen, es mit ängstlichen Kindern zu tun zu haben, und war auf einen Angriff völlig unvorbereitet.

Peter rammte ihn und wurde sofort von schraubstockartigen Armen gepackt und gequetscht. »Ich werde dich …«, setzte ihr Gegner noch an, doch er kam nicht mal dazu, seine Drohung zu Ende zu sprechen. Bob und Justus packten jeder einen seiner Arme, rissen sie zur Seite und befreiten Peter, während Zuko seinem Onkel in die Kniekehlen trat.

Fan Yuen kippte und ruderte mit den Armen, um Halt zu finden.

»Lass uns in Ruhe!«, herrschte Zuko ihn an.
Von draußen starrte ein Mann in den Ausstellungsraum – doch anders als der beherzte Helfer im Ocean Aquarium sah er seine Aufgabe nicht darin, den Jungen beizustehen, sondern möglichst schnell Fersengeld zu geben.
Fan Yuen wälzte sich auf die Knie. »Ihr entkommt mir nicht«, herrschte er die Jungen an und schlug nach Bobs Beinen, denn der dritte Detektiv stand ihm am nächsten. Bob wollte nach seinem Gegner treten, verlor aber das Gleichgewicht und fiel hin. Er landete unsanft auf dem Hintern. Gleichzeitig packte der Chinese Justus und starrte ihn wütend an. »Das Spiel ist für euch vorbei!«
Da versetzte Peter ihm einen Schlag gegen den Rücken. »Lass meinen Freund los!«
Fan Yuen wirbelte herum, stolperte über Bob – und weil er Justus weiterhin festhielt, riss er den Ersten Detektiv mit sich. Beide fielen der Länge nach hin. Aber während Justus sich mit seiner freien Hand am Boden abfangen konnte, hatte Fan Yuen Pech. Er landete mit dem Kopf auf der Gebäudenachbildung und stieß sich so hart an, dass er ohnmächtig zusammensackte.
Hoffentlich nur ohnmächtig! Auch wenn er ihr Gegner war: Falls er sich ernsthaft verletzt hatte, konnten die drei ??? ihn nicht einfach hier liegen lassen. Peter tastete nach seinem Puls, der regelmäßig schlug. »Er wird gleich wieder zu sich kommen«, sagte der Zweite Detektiv. »Machen wir, dass wir nach oben kommen.«
Sie warfen einen letzten Blick auf ihren reglosen Gegner. Eine der kleinen Projektionen, eine Frau, die Wäschestücke

aufhängte, tanzte über sein Gesicht. Es sah aus, als würde sie eine Unterhose genau in eins seiner Nasenlöcher stopfen.
Die drei ??? konnten sich ein breites Grinsen nicht verkneifen.
»Schnell«, meinte Zuko. »Bestimmt hat irgendein Wachmann den Kampf dank einer Überwachungskamera verfolgt und wird gleich hier sein – hauen wir ab!«
Also eilten sie los, zurück in die zentrale Eingangshalle des Oriental Pearl Tower, zu den Aufzügen. Sie konnten nur hoffen, dass noch keine weiteren Leute von Fan Quoc hier waren. Was nichts anderes hieß, als dass sie darauf vertrauten, dass Katara und Xiang Thans Leute ihre Gegner wenigstens zeitweise aufgehalten hatten.
Aber Fan Quoc hatte sicher vorgesorgt. Ihr Bruder Yuen würde nicht ewig bewusstlos bleiben, und dann würden vermutlich ganze Horden von Triadenmitgliedern den Turm stürmen.
Die Zeit drängte. Sie mussten einen Aufzug nach oben nehmen, zur zweiten Besucherkugel des Turms, dem Aussichtsbereich in über 200 Metern Höhe, und hoffen, dass ihr Plan Früchte trug …

Achterbahnfahrt

Der Aufzug brachte sie zur zweiten von insgesamt drei für die Besucher zugänglichen Kugeln. Sie standen eng gepresst mit vielen anderen Touristen in der Kabine, und als sich die Tür endlich öffnete, bot sich davor kaum mehr Platz. Man trat sich fast gegenseitig auf die Füße, weil eine so große Menge Leute die spektakuläre Aussicht genoss.

»Mitten in der Menschenmasse«, meinte Justus. »Sehr gut.«

»Ach ja?«, fragte Peter, dem ein Mann mit klatschnass geschwitztem T-Shirt allzu nah gekommen war. Er hatte schon Besseres gerochen.

»Hier werden uns Fan Quoc und ihre Leute nicht so einfach angreifen können«, gab sich der Erste Detektiv überzeugt. »Die Masse bietet uns eine gewisse Sicherheit.«

»Hoffen wir's«, sagte Bob.

Ein paar Schritte vom Aufzug entfernt nahm das Gedränge wenigstens ein bisschen ab. Sie gingen zur Fensterfront – bis Justus ein wenig blass um die Nase abrupt stehen blieb. »Was ist das denn?«

»Der Glasboden?«, fragte Zuko und trat auf die durchsichtige Fläche. »Die Hauptattraktion hier im Turm. Hatte ich nicht gesagt, dass das Treffen hier stattfinden soll?«

»D-doch«, stotterte Justus. »Du hast einen Glasboden erwähnt … aber ich dachte an so ein Fenster wie im Flaschenöffner. Das hier ist ja …«

»Es ist absolut sicher«, sagte Peter. »Stell dich nicht so an!«

»Das sagst du so leicht.« Justus schluckte. Und machte den

entscheidenden Schritt vorwärts. Damit stand auch er auf dem Glasboden. Zwischen seinen Füßen konnte der Erste Detektiv weit über 250 Meter in die Tiefe schauen, auf Parks, Straßen, Autos – es sah aus, als würde er aus dem Fenster eines Flugzeugs darauf hinabsehen. Er kam sich vor, als ob er schwebte. Ein paar Schritte neben ihm verlief eine Metallstrebe waagerecht durch das Glas; ein Tourist machte sich den Spaß, darauf scheinbar in schwindelerregender Höhe zu balancieren.

»Offenbar beschleicht mich behufs dieser Spezialsituation soeben ein Anfall von Hypsiphobie«, sagte der Erste Detektiv mit belegter Stimme.

»Was?«, fragte Zuko.

»Angst vor großer Höhe«, sagte Justus so würdevoll wie möglich. »Ganz ähnlich zur Akrophobie. Es liegt wohl …« Er brach ab. »Ach, egal.«

»Das ist tatsächlich ungewöhnlich«, meinte Peter und konnte sich ein Grinsen nicht verkneifen. »Justus führt eine seiner Reden nicht zu Ende.«

Zuko verrenkte sich inzwischen den Hals, suchte mit den Augen die Menschenmenge ab. »Ich sehe ihn nicht. Wir müssen zur anderen Seite der Kugel und hoffen, dass er da ist!«

Also marschierten sie los, teils über den Glasboden, teils über, wie Justus dankbar feststellte, beruhigend festes Metall. Sie gingen einmal rund um die ganze Kugel bis zurück zum Ausgangspunkt, ohne dass sie fündig geworden wären.

»Was tun wir jetzt?«, fragte Peter.

»Ich hätte da so eine Idee«, sagte eine Frauenstimme.

Fan Quoc!

Sie stand plötzlich direkt hinter dem dritten Detektiv und ließ sich von der Menschenmenge nicht davon abhalten, Bob unauffällig den Lauf einer Pistole in den Rücken zu halten. »Ich nehme an, ihr hört mir gerne zu.«
Bobs Augen weiteten sich.
»Selbstverständlich«, sagte Justus. »Wir –«
»Maul halten«, meinte Fan Yuen wenig freundlich, der sich wie aus dem Nichts ebenfalls zu ihnen gesellte.
»Ich habe noch mehrere Leute hier«, sagte Fan Quoc. »Das Davonrennen und Versteckspielen ist vorbei. Ihr folgt mir jetzt zum Aufzug, der eine Privatfahrt für uns machen wird. Es gibt viel zu besprechen. Und nur damit das klar ist: Dies ist eure letzte Chance, ehe die Sache sehr ungemütlich wird. Macht noch einmal Dummheiten und …« Sie brach ab. »Ihr versteht schon.«
Wenig später rauschten sie im Aufzug hinab – tatsächlich in einer *Privatfahrt*, wie Zukos Mutter es ausgedrückt hatte. Außer ihnen hielt sich nur ein Chinese in einer roten Uniformjacke und breiter Mütze samt goldenen Abzeichen in der Kabine auf. Er gönnte keinem der Jungen einen Blick. Ob er wohl ein Angestellter des Turms war? Ein Triadenmitglied? Oder beides?
»Wohin bringt ihr uns?«, fragte Zuko.
Seine Mutter ignorierte ihn, doch sein Onkel beugte sich zu ihm. »Nur eine Kugel tiefer. An einen ungestörten Ort.«
»Ungestört?«, fragte Bob. »Hier?«
Fan Yuen lachte nur.
Die Türen öffneten sich und die drei ??? betraten mit ihren Begleitern eine Welt, die sie hier niemals erwartet hätten.

Die Atmosphäre unterschied sich völlig von der in der Aussichtskugel. Es hielten sich auch merklich weniger Menschen hier auf. Und diejenigen, die sich hier aufhielten, waren mit sichtlich anderen Dingen beschäftigt.
Die ganze riesige Kugel war ein Spielcasino.
Dutzende Spielautomaten standen nebeneinander. Bunte Lampen tauchten alles in eine absonderliche Mischung aus altmodischem Tanzpalast und der Kulisse eines Science-Fiction-Films. Überall summte, bingte, klirrte, boingte und piepte es. Die Besucher waren in Flipperspiele, Autorennen oder Jump-and-run-Abenteuer mit quietschbunten Fantasiegestalten vertieft.
Die Fan-Geschwister führten ihre Gefangenen in aller Seelenruhe an den Spielautomaten vorbei …
… an einen Ort, der hier noch weniger zu erwarten gewesen war als das Casino: zum Eingang einer Achterbahn.
»Das ist«, sagte ihr uniformierter Begleiter, der mit ihnen aus dem Fahrstuhl ausgestiegen war, und ergriff damit zum ersten Mal das Wort, »unser Schmuckstück!« Sein Englisch hatte einen harten Akzent und die Stimme klang routiniert, was keinen Zweifel daran ließ, dass er derartige Erklärungen häufig abgab. Er leierte seinen Vortrag herunter wie ein gelangweilter Museumsführer. »Eine Roller-Coaster-Bahn in einem Gebäude in achtzig Metern Höhe. Weltrekord. Nirgends gibt es eine höher gelegene Achterbahn.«
Soeben kam einer der Wagen durch ein dunkles Tor zurück an den Startpunkt gerollt. Zwei kreischende Teenagermädchen saßen darin, die Arme noch hoch erhoben. Sie stiegen aus, huschten kichernd an den drei ??? vorbei und wandten

sich an den Uniformierten. »Wir kaufen noch eine Fahrt!«, sagten sie auf Englisch. Der Akzent klang amerikanisch. Justus tippte auf Südstaaten.

»Es tut mir leid«, sagte der Uniformierte, »die Bahn ist vorübergehend geschlossen.«

»Och«, machte eines der Mädchen, dann eilten sie davon.

»Sie ist geschlossen, damit uns niemand stören kann«, erklärte Fan Quoc. »Mein Bruder hat euch einen ruhigen Ort versprochen. Den sollt ihr bekommen.«

Der Uniformierte drückte einige Knöpfe an einem Schaltpult. Vier kleine Wagen, in die jeweils höchstens drei Leute passten, ratterten leer davon. Dann rollte ein größerer Wagen an die Startposition. »Bitte schön«, sagte der Chinese. »Einsteigen und die Fahrt genießen.«

Justus fragte sich, ob das eine Art schwarzer Humor sein sollte – dem Mann musste doch klar sein, was hier vor sich ging. Fan Quoc nahm als Erste Platz, danach stieß Fan Yuen zuerst Zuko, dann Bob in den Wagen. Peter und Justus folgten freiwillig, als Letztes stieg der Schläger selbst ein.

Sicherheitsbügel klappten herunter und der Wagen setzte sich in Bewegung.

Die drei ??? warfen sich verwirrte Blicke zu. Ein einsamer, ungestörter Ort – schön und gut! Aber eine Fahrt in der höchstgelegenen Indoor-Achterbahn der Welt?! Was sollte das? Was dachte sich Fan Quoc dabei?

Der Wagen ratterte erst langsam, dann immer schneller auf ein höher gelegenes Tor zu, hinter dem Dunkelheit herrschte. Noch.

In dem Moment, als sie hindurchfuhren, blitzten tausend

Glühlampen auf und sie sausten auf den Schienen im Steilflug in die Tiefe, in eine gewaltige Halle hinein, die unterhalb der Ebene mit den Spielautomaten lag. Sie bretterten durch halsbrecherische Kurven, und als sich ihre Augen an die blitzende Beleuchtung gewöhnt hatten, erkannten sie die kreuz und quer durch den Raum verlaufenden Schienen.

Unter anderen Umständen hätte die Fahrt bestimmt Spaß gemacht.

»Vergesst nicht«, schrie Fan Quoc gegen das Rauschen an, »dass ich eine Waffe habe und mein Sinn für Humor erschöpft ist.«

Fan Yuen ließ nur seine rechte Faust in die linke Handfläche klatschen. Ansonsten sagte er kein Wort. Das war auch nicht nötig.

Plötzlich verringerte sich das rasende Tempo. Der Wagen fuhr auf der Schiene wieder aufwärts …

… doch viel langsamer, als man es an einer solchen Stelle erwarten würde.

Es ruckte, knarrte und quietschte laut – und sie stoppten, direkt auf dem Gipfel der Bahn. Unmittelbar vor ihnen ging es wieder beinahe senkrecht bergab.

»Ein ruhiger, völlig isolierter Bereich«, sagte Fan Quoc zufrieden. »Und seid gewiss, dass mein uniformierter Freund da draußen die Sicherheitskameras ausgeschaltet hat. Niemand kann uns zusehen oder später etwas auf einem Überwachungsband nachverfolgen. Wir können frei reden.«

»Verstehe«, sagte Justus.

»Wen willst du damit beeindrucken, Mutter?«, presste Zuko heraus.

»Beeindrucken? Niemanden. Ich bin nicht so kindisch wie du, Sohn. Was hast du dir von deiner Tat versprochen? Als der Held dazustehen?« Ihre Mimik blieb unergründlich.
»Ich habe mir nur eins versprochen«, sagte Zuko kalt. »Von dir wegzukommen und die Triaden zu verlassen. Die Heldin kannst gerne du sein, Mutter.«
»Deine Freunde haben mir viel Ärger bereitet und dir werde ich die Flausen schon austreiben«, sagte Fan Quoc. »Also, es wird so laufen: Ich werde diese beiden Jungen bei mir behalten« – sie deutete auf Bob und Peter – »während du mit dem dritten Burschen die Beweise holst und mir bringst.«
»Vergiss es«, sagte Zuko. »Ich werde nicht –«
Weiter kam er nicht.
Ihm blieben die restlichen Worte im Hals stecken, als Fan Yuen unvermittelt den neben ihm sitzenden Bob packte, ihn gegen die Rückbank presste und unter dem Sicherheitsbügel hervorhob. Der Chinese umklammerte Bobs Brustkorb und schob den dritten Detektiv aus dem Wagen.
Bobs Oberkörper hing ins Freie …
… über einem mindestens zehn Meter hohen Abgrund. Unter ihnen verliefen nur die Schienen, über die sie nach einer weiteren halsbrecherischen Kurve gerattert wären.
»Ein Sturz wird ihm nicht guttun«, sagte Fan Yuen höhnisch.
»Damit ihr seht, dass ich kein Unmensch bin«, meinte Fan Quoc, »mache ich euch einen anderen Vorschlag. Ihr bleibt alle hier und wir plaudern gemütlich weiter.«
Bob ächzte. Ihm traten Schweißperlen auf die Stirn.
Fan Quoc legte die Fingerspitzen beider Hände vor der Brust aufeinander. »Zuko, du wirst jetzt ein Telefongespräch mit

Xiang Than führen und ihm mitteilen, dass es einen Weg gibt, alle Differenzen beizulegen. Ganz im Sinne des Bundes der Schlangen. Der alte Knacker wird begeistert sein.« Sie lachte hässlich. »Dann wird einer meiner Männer die Beweise bei dem guten Than abholen, sie meinem uniformierten Freund an der Schalttafel zeigen und der wird uns unsere Fahrt beenden lassen. Zuko kommt mit mir, ihr drei amerikanischen Jungs fliegt wieder nach Hause. Und wir sehen uns nie wieder. Ende der Geschichte. Alle sind zufrieden.«
»Bis auf Zuko.« Es war ausgerechnet Bob, der diesen Widerspruch wagte, während er über dem Abgrund hing.
»Oh, mein Sohn wird schon noch verstehen, dass das das einzig Richtige ist. Wir werden uns einigen. Hält er schön still und tut, was von ihm erwartet wird, geschieht euch auch in Zukunft nichts. Ein wunderbarer Handel, wenn ihr mich fragt. Wenn Zuko allerdings offen gegen mich rebelliert, könnte ich mein Gesicht verlieren.« Sie rieb sich über den Nasenrücken. »Dabei solltest du nie vergessen, Sohn – das könnte dazu führen, dass deine Freunde wenig später ebenfalls *ihr Gesicht verlieren* werden. Verstanden?«
Alle schwiegen.
Die drei ??? hassten es, so hilflos zu sein.
Diesmal waren sie an einen zu mächtigen Feind geraten.
Sie hatten verloren.

Das Funkeln weitergeben

Urplötzlich setzte sich der Wagen ratternd in Bewegung.
Fan Quoc zuckte zusammen.
Ihr Bruder brummte etwas auf Chinesisch und lockerte den Griff um Bob.
Der dritte Detektiv krallte sich am Wagen fest und konnte sich zurückziehen, saß bald mit bleichem Gesicht wieder auf seinem Platz.
Nur einen Atemzug später raste der Wagen in den Abgrund und legte sich in eine mörderische Kurve. Wahrscheinlich kreischten die Gäste an dieser Stelle normalerweise vor Begeisterung. Nun saßen alle stumm und wie festgeklebt auf ihren Sitzen und jeder fragte sich, was gerade passierte.
Als die Fahrt etwas langsamer wurde, gelang es Justus, sich aus seiner Starre zu lösen und Fan Quoc anzusehen. »Das läuft nicht nach Plan, oder?« Er erwartete keine Antwort und erhielt auch keine.
»Verlierst du die Kontrolle, Mutter?«, fragte Zuko. »Das passt dir vermutlich gar nicht.«
»Halt's Maul«, verlangte Fan Yuen barsch.
Justus wollte auch noch etwas sagen, doch der Wagen raste noch einmal tiefer und wurde so herumgeschleudert, dass dem Ersten Detektiv die Worte geradezu aus dem Mund gerissen wurden. Plötzlich schoss der Wagen durch ein Tor – und bremste abrupt ab. Sie hatten ihre Fahrt beendet und rollten am Startpunkt aus.
Der rot uniformierte Chinese war nicht mehr zu sehen.

Dafür jemand anderes.
Xiang Than, die funkelnde Schlange!
Der Wagen kam an der Ausstiegsstelle endgültig zum Stehen.
»Komm heraus, Kind«, sagte Xiang Than. »Du bist zu weit gegangen.«
»Nenn mich nicht so!«, fauchte Fan Quoc den Alten an. Sie schaute sich um. Niemand sonst war zu sehen. Der Bereich war offenbar weitläufig abgesperrt.
»Falls du überlegst«, sagte Xiang Than völlig gelassen, »ob du mich angreifen solltest – ich habe genug Männer in unmittelbarer Nähe. Und es wäre …«, er verschränkte die Arme vor der Brust, »… das Ende des Fan-Clans. Du unterschätzt meine Macht.«
»Ich war dabei, das Problem zu lösen«, sagte Fan Quoc. »Es ist *mein* Sohn, der das ganze Übel heraufbeschworen hat! Es ist *meine* Aufgabe, es zu beseitigen – und das werde ich!«
»Das stimmt nicht«, sagte die funkelnde Schlange. »*Dein* Verhalten ist einer künftigen Clanführerin der Triaden nicht würdig. *Du* bist die Wurzel des Übels! Dein Sohn ist nur eine Auswirkung davon.«
»Können wir erst mal hier raus?«, fragte Bob. »Ich habe keine Lust, noch eine Fahrt zu machen!« Er lehnte sich aus dem Wagen, und was er dachte, stand ihm ins Gesicht geschrieben. Wahrscheinlich sah er den Abgrund noch vor sich, in den er fast gestürzt worden wäre.
»Aufstehen«, schnauzte Fan Quoc.
Alle verließen den Wagen.
Xiang Than wies neben sich. »Zuko.«

Der Junge zögerte kurz und stellte sich dann neben die funkelnde Schlange.
»Dieser junge Mann hier hat das Richtige getan. Er und seine drei Freunde aus Amerika. Wollt ihr etwas dazu sagen?«
»Das wollen wir, Sir«, sagte Justus, dem auf einmal klar wurde, was in diesem Moment wirklich ablief – und was sich zuvor abgespielt haben musste. Er fühlte eine unendliche Erleichterung. Ging ihr Plan also doch auf! »Nicht wahr, Kollegen?«
»Was willst du –«, setzte Fan Quoc an.
»Lass ihn reden, Mutter«, fiel Zuko ihr ins Wort.
Sie presste ihre Lippen zu einem dünnen Strich aufeinander.
»Peter hat Zuko geholfen, weil er in Not war«, sagte der Erste Detektiv. »Ohne zu wissen, worum es ging, manövrierte er sich damit zwischen die Fronten einer Auseinandersetzung, von deren Ausmaß nicht einmal Zuko etwas ahnte. Er wurde betäubt und bis nach Shanghai entführt! Kurz darauf ereilte uns andere drei das gleiche Schicksal.«
»Und alles nur«, führte Bob den Gedanken fort, »weil Zuko das Leben als Mitglied der Triaden nicht mehr aushalten konnte und die Machenschaften seiner Mutter nicht mehr mittragen wollte! Dabei ging es ihm nicht um ihre kriminellen Handlungen …«
»Was es aber auch sollte«, murmelte Justus.
»… sondern darum, dass sie gegen die Ehre der Triaden verstößt. Dass sie gegen ihren eigenen Clan intrigiert«, beendete Bob seinen Satz.
»Aber hat er sie verraten?«, fragte Justus. »Nein! Er hat sich lediglich zurückgezogen und wollte aussteigen.«

»Ich wollte dich nicht zerstören, Mutter«, stimmte Zuko zu. »Ich wollte nur weg … mit alldem nichts mehr zu tun haben. Aber jetzt weiß ich, dass du zu weit gegangen bist. Nicht nur für mich, sondern für jedes einzelne Mitglied unseres Clans. Für die gesamten Triaden. Du wirst diese ganze Stadt in einen Triadenkrieg stürzen!«

»Fertig?«, sagte Fan Quoc unbeeindruckt. »Es ist ganz einfach: Es wird keinen Krieg geben, wenn du vernünftig bist. Wenn du zu mir zurückkehrst, schweigst und den Platz in der Familie einnimmst, der dir bestimmt ist!«

»Warum sollte er etwas tun, wozu Sie nicht in der Lage sind?«, fragte Justus. »Sie wollen Ihren Platz in der Familie nicht einnehmen, Sie wollen sich deren Anführer, Ihrem Vater, nicht unterstellen!«

»Seine Zeit ist um!«, sagte Fan Quoc. »Wir müssen unseren Clan in die Zukunft führen. Dazu bin nur ich in der Lage.«

»Das zu beurteilen«, sagte Xiang Than, »steht dir nicht zu.«

»Wem sonst?«, fragte sie. »Etwa dir? Der *funkelnden Schlange*? Dem *wahren Drachensohn*? Lächerlich!«

»Der Bund der Schlangen sorgt schon seit Jahrhunderten dafür, dass die Triaden nicht aus der Reihe laufen und dass das Gleichgewicht gewahrt bleibt.« Xiang Than hob beide Hände. »Gerade für Menschen wie dich, Fan Quoc, müssen wir Sorge tragen.«

»Das tue ich schon ganz allein«, ätzte sie. »Diese Unterhaltung ist beendet!«

»Ist sie nicht«, sagte Xiang Than. »Denn dein Sohn und seine Freunde haben sich entschieden, das Richtige zu tun: dich nicht mehr zu schützen.«

Sie wirbelte herum. »Was soll das heißen?«
»Dass du mit deinem Verhalten gezeigt hast, dass du sehr wohl erpressbar bist, Mutter!« Zuko ballte die Hände zu Fäusten. Er zitterte.
»Aber während gewöhnliche Verbrecher bei der Polizei angezeigt werden müssten«, setzte Justus den Gedanken fort, »gilt das in Ihrem Fall nicht. Sie haben sich vor jemand anderem zu verantworten.«
»Derjenige, vor dem ich dich beschützen wollte«, sagte Zuko, »bis ich gesehen habe, wer du wirklich bist. Hättest du mich doch gehen lassen, Mutter. Hättest du Peter und seine Freunde nicht mit hineingezogen und bedroht.«
»Was …« Fan Quoc schaute sich hastig um und ihr Blick verriet, dass ihr in diesem Moment klar wurde, dass sie verloren hatte.
»Lass ihn reden – wir verschwinden!«, polterte ihr Bruder noch.
»Du Narr!«, sagte sie.
Eine Gestalt trat in gemessenen Schritten aus dem Tor, durch das die Wagen zu Beginn der Achterbahnfahrt verschwanden. Ein Chinese, ebenso unschätzbar alt wie Xiang Than. Er trug ein rotes Gewand und sah aus wie eine Erscheinung aus der Vergangenheit.
»Das ist er«, flüsterte Zuko den drei ??? zu. »Mein Großvater! Fan Hao!«
»Tochter«, sagte er mit einer Stimme, die klang, als würde Wasser durch eine unterirdische Höhle gurgeln. »Mein Enkel und seine amerikanischen Freunde haben mir eine Nachricht zukommen lassen. Beunruhigende Informationen. Sie

wollten mich treffen, dort oben, in der Aussichtskugel, aber du hast sie daran gehindert. Wie an so einigem anderen.«

»Vater, wir –«, setzte Fan Yuen an.

»Sei still!«, fiel Fan Hao ihm scharf ins Wort. »Verschwinde von hier. Wir reden später, wenn du darüber nachgedacht hast, wem deine Loyalität gilt.«

Fan Yuen sah offenbar ein, dass er diesmal mit seiner bevorzugten Methode nichts ausrichten konnte – rohe Gewalt und ein paar Faustschläge brachten hier gar nichts. Wortlos drehte er sich um und ging davon, erst langsam, dann mit immer schnelleren Schritten. Er verschwand hinter den Reihen von Spielautomaten.

»Die amerikanischen Detektive haben meinen Enkel überzeugt, mich zu kontaktieren«, fuhr Fan Hao fort. »Dafür danke ich ihnen. Und das solltest du auch.«

»Ich?«, fragte Fan Quoc bitter.

»Ihretwegen bin ich hier und konnte eingreifen.« Er ging auf seine Tochter zu, streckte die Hand aus und legte eine seiner faltigen Hände flach und überraschend sanft an ihre Wange. Die Nägel waren so lang und gebogen, dass sie trotzdem Quocs Haut berührten. Eine Träne glitzerte in seinen Augenwinkeln. »Ich konnte mit der funkelnden Schlange sprechen.« Er nahm die Hand zurück, drehte sich um und verneigte sich vor Xiang Than. »In seiner Weisheit war der wahre Drachensohn bereit, Milde walten zu lassen. Eigentlich, Quoc, meine einzige Tochter, verlangt der Kodex, dass du den Ehrentod stirbst durch meine Hand. Ich habe die funkelnde Schlange um Nachsicht gebeten.« Ein kurzes Lächeln legte sich auf seine Lippen und erschien sogar in seinen

Augen. »Xiang Than überlässt es mir, wie ich mit dir umgehe. Das rituelle Schwert liegt noch in seinem Schrein im Gewölbe unseres Stammsitzes. Und dort soll es bleiben. Du wirst wieder ganz unten anfangen, Quoc. Und diesmal werde ich dich den Ehrbegriff der Triaden lehren, den du offenbar nicht verstanden hast.«

Einen Augenblick stand Quoc da wie versteinert. Sie schaute erst ihren Sohn, dann ihren Vater an. Schließlich verneigte sie sich. »Danke, Vater.« Sie sprach die beiden Worte voller Bitterkeit aus, aber es wurde klar, dass sie sich fügte.

Sie hatte verloren.

»Ich bürge für deine Sicherheit, Zuko«, sagte Fan Hao. »Und für die deiner amerikanischen Freunde, die so klug waren, mir die Informationen im richtigen Moment zuzuspielen. Du darfst den Clan verlassen, Zuko. Nimm dein Leben selbst in die Hand. Und wenn du eines Tages zurückkehren willst, wirst du bei mir eine offene Tür finden. Und bei deiner Mutter, wenn sie erst einmal verstanden hat, worauf es ankommt.«

Xiang Than legte sich die Hände auf die Brust. »Das Gleichgewicht der Triaden ist gewahrt. Der Bund der Schlangen wird sich nun wieder in die Unsichtbarkeit zurückziehen. Vielleicht nur für Monate, vielleicht für ein Dutzend Jahre und mehr. Aber die funkelnde Schlange wird wachsam sein und sich zwischen den Füßen der vielen Drachen in dieser Stadt winden.« Er löste die rechte Hand, wies damit auf Zuko. »Dein Großvater hat dir erlaubt, deinen Clan zu verlassen. Du bist frei. Tu und lasse, was du willst. Aber denke über mein Angebot nach – ich biete dir eine ehrenvolle Zukunft. Der Bund der Schlangen braucht klugen Nachwuchs wie dich.«

Er wandte sich um, und während er davonging, waren seine nächsten Worte kaum noch zu verstehen: »Die Last der Jahrhunderte wiegt schwer auf meinen Schultern …«

Telefonlawine

Der Huangpu glitzerte vor ihnen in der Sonne. Die drei ??? hatten mit Zuko auf einer Fähre übergesetzt und schauten über das Wasser auf die Skyline des modernen Shanghai. Auf den Flaschenöffner, in dem Peter aufgewacht war und in dem sie mit einer Drogenhändlerin verhandelt hatten … auf das Ocean Aquarium, in dem sie Fan Quoc das erste Mal begegnet waren … auf den Oriental Pearl Tower, in dem alles nach der verrücktesten Achterbahnfahrt ihres Lebens geendet hatte.

»Wahnsinn«, sagte Peter. »Da waren wir überall.«

»Können wir den Yu-Garten von hier aus sehen, Zuko?«, fragte Bob.

Der chinesische Junge grinste. »Vergesst es. Viel zu weit weg. Genau wie die Tempelanlage, in der Katara Peter nach seiner ersten Flucht ausfindig gemacht hat.«

»Was hast du vor?«, fragte Justus. »Willst du das Angebot der funkelnden Schlange annehmen und dich unter ihre Fittiche begeben?«

Peter lachte. »Ein ganz schön schiefer Vergleich, Erster! Und das ausgerechnet von dir! Eine Schlange mit Fittichen? Da müsste Xiang Than eher die funkelnde Henne sein.«

»Adler, Zweiter – Adler wäre ein passenderer Vergleich«, meinte Justus so würdevoll wie möglich. Lachen musste er trotzdem.

Zuko schaute versonnen auf die Skyline. »Eigentlich wollte ich nur weg von hier. Aber ich würde es auch sehr vermissen.

Die Stadt. Sogar die Triaden, ich gebe es zu. Es ist eben mein Leben. Und an Xiang Thans Seite kann ich dafür sorgen, dass die Macht der Triaden ausgeglichen bleibt. Das nicht alles noch schlimmer wird, wenn wieder jemand auf solche Gedanken kommt wie meine Mutter.«

Peter grinste. »Vielleicht nimmst du ja einmal den Platz der funkelnden Henne oder des Adlers oder von wem auch immer ein, dann wirst du den Geheimbund noch ehrenvoller führen als Xiang Than. Davon bin ich überzeugt!«

Zuko nickte. »Es ist ein Angebot, das ich nicht ablehnen kann. Vielleicht muss diese Unterwelt des Verbrechens bald wieder aufgemischt werden.«

»Dazu braucht es jemanden wie dich«, gab sich Justus überzeugt. »Jemanden mit Mut und Trotz gegen alle Ungerechtigkeit.«

»Mal was anderes«, sagte Bob. »Unsere Eltern werden in Ohnmacht fallen, wenn sie hören, wo wir sind.«

»Sollen wir es ihnen überhaupt sagen?«, fragte Peter. »Niemand ist zu Hause, alle sind im Urlaub. Vielleicht haben sie es noch gar nicht mitbekommen.«

»Oder in Rocky Beach klingeln die Telefone heiß«, meinte Bob. »Obwohl alles so schnell ging, sind es nun … äh … wie lange haben sie eigentlich schon nichts mehr von uns gehört?«

»Nicht sehr lange.« Justus schaute sich mit einem zufriedenen Honigkuchenpferdgrinsen um. »Und ganz egal, ob Onkel Titus, Tante Mathilda und eure Eltern vielleicht schon eine Telefonlawine gestartet haben, um uns zu finden … hey, wir sind am anderen Ende der Welt! Wer hätte das gedacht!

Xiang Than hat versprochen, uns in seinem Privatjet nach Hause fliegen zu lassen. Was meint ihr – kommen wir mal wieder?«

»Klar«, sagten Peter und Bob wie aus einem Mund und der Zweite Detektiv ergänzte: »Aber nur als Touristen! Nichts gegen dich, Zuko, aber ich wäre gern mal so ganz ohne Triaden, Verfolgungsjagden und mythische Geheimbünde hier …«